英明と人望

勝海舟と西郷隆盛

山本盛敬

はじめに

表題の「英明と人望」とは、幕末の将軍継嗣問題において、紀州の徳川慶福《よしとみ》を推した南紀派が血統を重視したのに対し、一橋慶喜《ひとつばしよしのぶ》を推した一橋派が次期将軍の条件に掲げた「英明・人望・年長」というスローガンから取ったものである。つまり、政治的指導者を選ぶ際には血統による世襲ではなく能力や人格によるべきであり、そもそも人間に貴賤《きせん》はなく平等である、との筆者の主張がこの表題には込められている。

ところで、西郷隆盛の生涯には幾つもの謎があると思う。拙著『西郷隆盛　四民平等な世の中を作ろうとした男』において、筆者は自分なりの解釈に基づいて新しい西郷像を提示してみたつもりであるが、その執筆中に感じたのは、西郷隆盛という人物に対する勝海舟の影響の大きさであった。現在の通説においても、西郷への勝の影響は決して小さくないと認識されている。しかし、その通説における認識以上に大きいのではないかと、筆者は感じたのである。

そこで、本書において筆者は、勝から西郷への影響を具体的に記述しようと試みた。ただし、本書では二人が出会う以前の、若年期《じゃくねんき》からの二人の思想形成も書くことにした。そうすることで、幕末から明治へと至る過程において、二人が何に苦しみ、何を求め、何を決断したのかを、より鮮明にすることができたのではないかと自負している。あるいは、

英明と人望

勝海舟と西郷隆盛

山本盛敬

この若年期のエピソードのほうが、二人の出会い以降の有名なエピソードよりも、読者の皆様にはより斬新《ざんしん》に映《うつ》るかもしれない。

ただ、勝から西郷への「影響」となると、どうしても筆者自身の想像で書かざるを得ない部分が生じてくる。しかし、そうはいっても本論中の出来事の日時や内容は基本的には史実に基づいており、会話の内容も当時の登場人物たちの思想や行動から導き出したものである。従って、想像とはいっても、あくまで「そういう会話もあったかもしれない」という枠内に留《とど》め、「こんな会話は有り得ない」というものは排除《はいじょ》したつもりである。

新説も盛り込んだつもりである。西郷召還と島津斉彬の死の関係（第六章）、西郷と島津久光の関係の真実（第十章）、西郷が西南戦争に込めた秘策（第十章）、である。あと、拙著『西郷隆盛』に収録されている「蛇に誘《いざな》われた西郷」という小論を、巻末資料として掲載しておいた。この小論をお読み頂かないと本論の第十章以降が理解できなくなってしまうので、できれば本論をお読みになる前にご一読して頂けたらと思う。

最後に、この場を借りて、カバーに使用した勝と西郷による会談の模様を描いた絵を快く提供して下さった聖徳《せいとく》記念絵画館と、出版に関して不慣れな筆者に様々な助言や協力をして下さった株式会社ブイツーソリューションの社員の方々に、心より感謝の意を表させて頂きたいと思う。

平成二十七年九月

山本盛敬《もりたか》

目次

英明と人望

勝海舟と西郷隆盛

プロローグ

明治二十年十二月、東京。赤坂・氷川《ひかわ》の勝邸を大久保一翁《いちおう》が訪れていた。この時、勝は六十五歳、一方の一翁は七十一歳であった。

二人は、かつては上司と部下であり、それも天と地ほどに身分が離れていたが、今では仲の良い友人同士のようだった。

屋敷の周りは師走の慌《あわただ》しさのせいで人々の往来が激しかった。それでも屋敷の敷地内にまでは、周囲の喧騒《けんそう》も届かず、不思議と中庭は静寂《せいじゃく》に包まれていた。勝と一翁は二人で縁側に座って庭の草木を眺《なが》め、時々茶を啜《すす》りながら、昔話に花を咲かせていた。

「ついに三郎さん（島津久光）も逝《い》ってしまったのう」

「ああ」

島津家当主の島津忠義の父で、左大臣を務めた島津久光は、明治二十年十二月六日に他界した。

「一翁さんよ、あんたも最近、めっきり白髪が増えたねえ」

「そりゃ、そうだわい。儂《わし》は三郎さんと同じ文化十四年の生まれだからのう」

「もうご維新から二十年、西南の役から十年だ。早いもんだねえ」

「すると、儂が初めてお前さんに会ったのは」

「あれはペリーが来た翌年だから、嘉永七年だ。もう三十年以上も昔の出来事だ」

「儂は今でも、お前さんの家に初めて行った時の印象を、よく覚えとる。お前さんの家の汚さっていったら、そりゃ、ひどいもんじゃった」

「無役《むやく》で、四十俵の貧乏御家人《びんぼうごけにん》だったからな」

「それが今じゃ、天下の伯爵様《はくしゃく》だからのう。儂は、遂《つい》にお前さんに抜かれちまったわい」

勝も一翁も、この年の五月に受爵《じゅしゃく》していた。勝が伯爵、一翁が子爵《ししゃく》であった。

「ははは。真面目《まじめ》なあんたが冗談を言うとは、珍《めずら》しいな。だけど、爵位なんか貰《もら》っちまって恥ずかしいよ。いまだに困窮《こんきゅう》に喘《あえ》いでいる旧幕臣たちに対してね」

「ああ、お前さんの言う通りじゃ。まさか我々が華族になって、特権階級の仲間入りをするとはのう。できれば辞退したかったんじゃが」

「だから尚更《なおさら》、俺たちは維新の大義を忘れずに実行しなけりゃならんのだ。今の政府は、全く薩長閥《さっちょうばつ》の私物《しぶつ》と化している」

「せっかく儂らが大政奉還をして、政《まつりごと》を徳川の私物から公のものに戻したのにのう」

「万機公論《ばんきこうろん》に決すべし。こんな維新の精神の根本が、二十年が経ってもまだできていないなんて、維新前夜に死んでいった多くの者たちに対して本当に申し訳ないと思うよ」

「西郷さんも、あの世でさぞ不満を持っているかもしれんのう」

どこからか子供たちの笑い声が聞こえてきた。それを聞いた一翁が、ふと思い出したように勝に訊《き》いた。

「ところで、その西郷さんのご子息たちは、どうしてるんじゃ？」

「一昨年アメリカから菊次郎と寅太郎、隆準《たかより》の三人の連名で、俺に礼状を送ってくれたよ」

菊次郎は西郷の長男だが庶子《しょし》、寅太郎は次男だが嫡男《ちゃくなん》、隆準は西郷の弟の吉二郎の長男である。菊次郎は元々米国公使館勤務のための渡米だったが、後に留学に切り替えている。寅太郎と隆準の二人は初めから留学であった。そこで三人は、一緒にアメリカに渡ったのである。

「早く西郷さんの汚名を雪《そそ》いであげないと、いかんのう」

「西南の役の奴かい？　それに関しては、吉井たちとも色々、話してる。いつか頃合いを見計らって、政府に上申してみるつもりだ」

「村田新八さんたちは、どうなんじゃ。西郷さんと一緒に許されないかのう」

「もちろん、同時に上申してみるつもりだが、奴らは、どうかな。西郷さんと一緒って訳には、いかないかもしれん」

西郷の恩赦《おんしゃ》は、明治二十二年の大日本帝国憲法の発布と同時であり、正三位を追贈《ついぞう》された。

一方、村田新八をはじめ、桐野利秋《きりのとしあき》や篠原国幹《しのはらくにもと》らは西郷に比べて大幅に遅れ、大正五年であった。その時、桐野、篠原は正五位、村田は従五位に叙せられた。

「なあ、麟太郎。西郷さんは或《あ》る意味では仕方なかったかもしれんが、村田さんは残念だったのう。せっかく洋行までしたのに、わざわざ死ぬために鹿児島に戻ってしまったんじゃから」

「ああ。惜《お》しいと思う。特に、大久保利通が死んでからは、心からそう思うよ。だけど、あの男と西郷さんの関係を考えれば、帰らざるを得なかったんだろうな。鹿児島に帰る前に俺のところにでも来《く》りゃ、何が何でも引き止めたんだがな。あの男が生きていれば、今頃は押しも押されもせぬ薩摩閥の領袖《りょうしゅう》になっていただろうよ」

「案外、伊藤を押しのけて、最初の総理大臣にでも成っていたかもしれんのう」

「ああ。それくらいの実力は十分にあったな」

明治十八年十二月、伊藤博文《ひろぶみ》が初代の内閣総理大臣に就任していた。

二人は、時の経つのも忘れて語り合った。

第一章　島津斉彬

1

嘉永元年、江戸。本郷丸山にある福山十万石、阿部家上屋敷の一室で、島津修理大夫《しゅりのだいぶ》斉彬《なりあきら》は、阿部伊勢守正弘と相対《あいたい》していた。

部屋には二人だけで、双方の側近たちは、それぞれ隣室に控《ひか》えていた。極秘の密談が交わされていたからである。両人とも押し黙ったまま、伏《ふ》し目勝ちに畳《たたみ》を見詰《みつ》め、座は静寂に支配され、重苦しい空気に包まれていた。

先に静寂を破ったのは、阿部だった。

「それほどまで薩摩の状況は深刻ですか」

「残念ながら」

斉彬が眉間《みけん》に皺《しわ》を寄せながら頷《うなず》いた。ここ数年の心労のせいで、斉彬の眉間には常に皺《しわ》が寄るようになっていた。それでも眼光の鋭さは相変わらずであった。

「ならば一刻の猶予《ゆうよ》もござらぬ。いよいよ決断の時が参ったのではございませんか」

「はい」

この日、斉彬はかねてより懇意《こんい》にしている老中の阿部に、領国の薩摩で斉彬派と久光派の対立が激しくなってきたことを告げ、今後の対応を相談していたのであった。

島津斉彬は、この時、四十歳。薩摩島津本家第二十七代当主の島津斉興《なりおき》の長男として生まれたが、いまだ当主になれず、世子《せいし》のままであった。

一方の阿部正弘は三十歳。こちらは、れっきとした備後福山十万石、阿部家の第七代当主であり、老中首座でもあった。

『阿部正弘事蹟《じせき》』によれば、老中であった水野忠邦がかつて阿部に、

「薩州は油断できない、十分に警戒せよ」

と忠告し、それを阿部から聞いた福井三十二万石、越前松平家当主の慶永《よしなが》が、

「島津は決して幕府に不忠《ふちゅう》な者ではない」

と否定し、慶永が越前松平家の屋敷で斉彬と阿部を引き合わせたという。

これが両者の初対面であるとする。この出会いがいつの出来事なのか定かではないが、また水野と阿部の接触の機会を考えると、二人が共に老中だった時の可能性が高いと考えられる。すると、二人の初対面は水野の老中再任時である、天保十五年の六月から翌弘化二年の二月までの間だったのではないだろうか。（十二月二日まで天保十五年、翌三日から三十一日まで弘化元年）

『阿部正弘事蹟』には「弘化年間の事であろう」と書かれている。

そんな両者が、より親しくなったのは、天保十五年三月に琉球に来たフランス艦が琉球

に対して開国を要求したことにつき、その対応策を互いに協議したからだという。

協議の結果、弘化三年に斉彬は世子ながら当主の名代《みょうだい》として鹿児島に帰国し、琉球問題に対処することになった。嘉永元年の二年前の出来事であった。

「では早急に、当主であられる御尊父《ごそんぷ》が隠居し、御身《おんみ》が新当主の座に就《つ》けるように、策を講じねばなりませんな」

「その件に関して、いささか某《それがし》に考えがございます」

「何か具体的な策をお持ちですか」

「ここは、やはり、我が薩摩の琉球に関する不手際《ふてぎわ》を糾弾《きゅうだん》するのが一番かと」

「琉球の一件ですか。なるほど、確かにそこが貴国の急所でしょうな。して、実際にどのように事を運ばれるお積《つも》りか」

「まず拙者が具体的な我が薩摩の不手際を伊勢守様にお知らせします。しかる後、御公儀《ごこうぎ》より、その不手際を家老の調所《ずしょ》に直々《じきじき》に追及して頂きたいのです」

「ほう」

「その際、このままでは島津家のお取り潰《つぶ》しは免《まぬが》れ難《がた》い故《ゆえ》、当主である父より隠居願いを速《すみ》やかに御公儀に提出するよう、伊勢守様より調所に説いては下さいませぬか」

「分かりました。際《きわ》どい手法ながら、他ならぬ修理殿の御依頼なれば一肌《ひとはだ》脱ぎましょう」

「度重なる御厚意、かたじけのうございます」

斉彬は慇懃《いんぎん》に頭を下げた。

「何の何の。そんなことよりも、一刻も早く修理殿には当主の座に就いて頂き、我らの政《まつりごと》にお力を貸して頂きたいのです」

この頃の薩摩には、現在の世子《せいし》である斉彬ではなく、側室であるお由羅《ゆら》の方から生まれた、斉彬よりも八歳年下である久光を当主に推す一派が存在していた。何しろ現当主である斉興《なりおき》も久光派だったので、むしろ、この一派が主流といってもいい状況であった。先々代の当主であった蘭癖《らんぺき》大名の先駆《さきが》けといえる重豪《しげひで》に似て、斉彬は蘭学を通して近代科学の分野に湯水の如く金を使うので、その点においては無難な久光に襲封させたいと、久光派は主張していたのであった。

それだけ、実質的な久光派の領袖《りょうしゅう》である調所笑左衛門広郷《ひろさと》をはじめとする久光派の幹部たちの胸中には、重豪時代の薩摩の窮乏《きゅうぼう》による苦労が骨身に染《し》みて応《こた》えていたのであろう。調所らの気持ちは、察するに余りある。実際、重豪の最晩年の文政末年には、薩摩は五百万両という巨額の負債を抱えて途方に暮れていた。一両を二十一世紀の貨幣価値《かへいかち》に換算《かんさん》して十万円と仮定すれば、五千億円である。

それを調所は、豪商からの借金を二百五十年賦《ねんぷ》にしたり、奄美諸島で採れる砂糖を専売制にしたり、琉球を通じて清国と密貿易を行ったりして、負債をなくしただけでなく、弘化元年（一八四四年）には、五十万両の貯えまで成したのである。文政末年から数えて、およそ十五年である。それを成し遂《と》げた調所の才覚と努力は確かに称賛《しょうさん》に値する。

その調所による国（＝薩摩）政改革の過程において、当然、国政が逼迫《ひっぱく》しているのであるから、家臣たちに支給される米も、正規の俸禄《ほうろく》よりも減少した。そのため、家臣やその家族たちは、内職に精を出さざるを得ない有様であった。

また、百姓衆も、改革という大義名分の名の下に過酷《かこく》な重税に苦しめられ、他国に逃散《ちょうさん》する者が続出し、多くの農地が荒地と化した。だから、重豪時代に端を発する借金地獄は、多くの薩摩の人々にとっては悪夢であり、思い出したくもない恐怖の体験だったのである。

ところが、国の蓄えが五十万両になって財政が好転しても、多くの家臣や百姓衆の暮らしは一向に改善されなかった。相変わらず家臣の家庭では内職をし、百姓衆の逃亡も続き、荒地は増える一方であった。さすがに農政の混乱《こんらん》に慌《あわ》てた薩摩の政庁は、荒地を復活させるために離散《りさん》した百姓衆を連れ戻した。だが、百姓衆の多くは再び逃げ去ったという。

そのような薩摩の農政に携《たずさ》わっていたのが若き日の西郷隆盛であったが、薩摩では、財政はともかく農政や民政は抜き差しならない状況にまで追い詰められていたといえる。

このような国政に危機感を持ち、現状の打破を強く訴える家臣たちが期待したのが、世子の斉彬の襲封《しゅうふう》であり、斉彬襲封を期待する家臣団を斉彬派といった。そんな斉彬派から見れば、国政を混乱させている張本人は、久光派の領袖《りょうしゅう》たる調所広郷なのであった。

「しかし、修理殿はエゲレスやフランスは、直《じき》に江戸にもやって来ると仰《おっしゃ》るが、では我々はそれに備えて何をすれば良いとお考えか」

阿部が溜息《ためいき》混じりに訊《き》いた。

「伊勢守様、富国強兵の策は色々ございますが、それに先立つものは、やはり、人でございましょう。身分に囚《とら》われずに有能な人材を登用することが何にも増して急務と存じます。実際、拙者が蘭学を通して考えますに、彼《か》の異国の国々が栄えている理由の一つは、彼《か》の者たちの大胆な人材登用にあると思います」

「左様でござるか。しかしながら、我が日《ひ》の本《もと》の国においては、上下貴賤《きせん》の分をわきまえることが先祖代々の我らの祖法《そほう》でござれば、そう簡単には参りませぬ」

「恐れながら、人材の登用は急務なれど、決して急ぎ過ぎてはなりませぬ。仰せの通り我らの祖法に反する故《ゆえ》、性急な登用は周囲との軋轢《あつれき》を生み、当人にとっても、周囲にとっても、決して良い結果を招きません。まずは、じっくり腰を据えて人物を見定め、十分に育成した後、時期をみて登用するべきかと存じます」

依然として眉間に皺を寄せながらも、斉彬は少し照れ臭そうに微笑んだ。

いかに斉彬が阿部より十歳年上とはいえ、この頃の斉彬はまだ部屋住みの世子に過ぎず、老中首座の阿部との格差は歴然であった。にもかかわらず傍《はた》から見れば、まるで斉彬が先生で阿部が生徒のようであり、阿部もそれを良しとしているようであった。この辺り、阿部だけでなく、幕末の賢侯《けんこう》と呼ばれる福井の松平慶永（春嶽《しゅんがく》）や、伊予宇和島の伊達宗城《だてむねなり》、土佐の山内豊信（容堂）なども、皆同じく斉彬を師とする雰囲気《ふんいき》があった。

「貴重なお話、かたじけのうござる。恥ずかしながら、修理殿、某《それがし》は蘭学には、さほど馴染《なじ》みがないのでござるが、やはり啓発されるところが大きいとお見受けします」

「伊勢守様、逆に拙者などは〝蘭癖《らんぺき》〟と呼ばれておりますが、孫子《そんし》も言うように『敵を知る』ことが肝要《かんよう》だと心得ます。その際の敵が西洋であるならば、西洋を知るには彼《か》の者らの学問である蘭学を修めることこそが最適でございましょう」

「なるほど。では、いかがでござろう修理殿。誰か蘭学の心得のある者を拙者に紹介しては頂けませぬかな」

その瞬間、かつて水野忠邦から言われた「薩州は油断できぬ。十分に警戒せよ」という言葉が、阿部の脳裏を過《よぎ》った。

一呼《ひと》吸置いて、斉彬が答えた。

「されば小普請《こぶしん》でございますが、赤坂田町に勝麟太郎《りんたろう》と申す御家人がおります。拙者も度々蘭書の筆写などを依頼しておりますが、中々堅実な仕事振りでございます。彼《か》の者を一度お召しになされては、いかがでございましょう」

阿部は、意外にも斉彬が「幕臣」を推薦《すいせん》してきたので少し驚いたが、それでもかえって「幕臣」であることに逆に安堵《あんど》し、微笑《ほほえ》みながら答えた。

「勝麟太郎でござるか。これは修理殿、かたじけない。いずれ折《おり》を見て会ってみたいものですな」

2

江戸、赤坂田町。勝麟太郎は、小さい体を丸めていそいそと自邸に入った。ただし禄高四十俵の無役《むやく》の貧乏御家人では、邸宅といっても、たかが知れている。案の定、障子《しょうじ》や襖《ふすま》は破れ放題、自ら縁側の板を剥《は》がしたり、柱を削《けず》ったりして得た木材で飯を炊《た》く有様であった。

嘉永元年当時、麟太郎は二十六歳。この三年前に妻のたみと結婚し、二年前には、長女のゆめが生まれていた。

「たみ、今、帰《けえ》ったぞ」

「お帰りなさいませ」

「いやー、久しぶりに堅苦《かたくる》しい所へ行ったら、肩が凝《こ》っちまったよ」

この日、麟太郎は島津斉彬に呼ばれて島津家の屋敷に行っていた。かねてより筆耕《ひっこう》を依頼されており、この度、完成した原稿を持参したのである。

これまで、幾度か斉彬からの筆耕依頼を受けてきたが、今日まで斉彬に会ったことはなかった。そもそも、初めのうちは、依頼主が誰なのかすら分からなかった。発注も完成品の引き取りも、ただ使いの者が勝の家にやって来るだけであった。

依頼主が誰なのか分からなくても、麟太郎は特に気にしなかった。天保十年（一八三九年）の蛮社《ばんしゃ》の獄によって渡辺崋山《かざん》や高野長英《ちょうえい》らが処罰されて以来、多くの大名家が幕府の目を恐れて、蘭学者に関わることを隠《かく》すようになっていたからである。

それでも筆耕料《ひっこうりょう》が破格《はかく》だったので、恐らくどこぞの大国《たいこく》からの依頼であろうとは麟太郎も予測していた。それが、いつの頃からか薩摩からの依頼であることがそれとなく麟太郎の耳に入ってきた。

しかし、その後も相変わらず使いの者が原稿を取りに来ていたのに、今日は初めて屋敷に呼ばれ、斉彬から直に言葉を賜《たまわ》ったのである。

「それで、薩州様は、いかがでございました」

「さすが薩摩七十七万石だ、大《てえ》したもんだな。いきなり大広間に通されてよ、遠くのほうで修理大夫《しゅりのだいぶ》様（斉彬）がこっちを見てニコニコ笑ってるのよ。で、『苦しゅうない、近《ちこ》う』って俺《おいら》を呼ぶんだけど、あんまり広いんで、緊張して転びそうになっちまったぜ」

「まあ、お前様ったら」

たみが優しく微笑んだ。

「で、修理大夫様から直々《じきじき》に軍船や貿易について訊《き》かれてよ、ちゃんと答えなくちゃいけねえと思ったら、冷汗《ひやあせ》かいて、目も眩《くら》んできやがった。おかげで何て答えたのか、全く覚えてねえや」

「あの薩州の若様から直々に。お前様、大層なお働きじゃないですか」

「それで最後に、側役《そばやく》から銭がどっさり入った重てぇ袋を渡されてよ、『この度《たび》は大儀《たいぎ》であった』と来やがったのよ」

「それはそれは、お役目、ご苦労様でございました」

「それにしても、何で修理大夫様は、わざわざおいらに軍船や貿易について訊いたのかねえ。西洋についての知識にかけちゃ、おいらより修理大夫様のほうがよっぽど詳《くわ》しいだろうによぉ。何てったって、あの方《かた》は、あのシーボルトにも会ってるんだからな」

「そりゃやっぱり、お前様を試したんじゃないですか」

島津斉彬の蘭癖《らんぺき》は、幼少時から曾祖父の重豪に仕込まれただけあって筋金入りである。

斉彬は文政九年（一八二六年）十八歳の時、長崎から江戸に出府してきたシーボルトと大森のオランダ使節の定宿で、重豪と豊前中津十万石、奥平家当主の昌高《まさたか》との三人で会っている。この奥平昌高は重豪の次男であり、島津家から奥平家へ養子に行った者なので、昌高も蘭癖であった。

一方、この頃の麟太郎は、赤坂溜池の筑前黒田家の屋敷に住んでいた永井青崖《せいがい》の下で蘭学の修業に励んでいた。青崖は麟太郎の「人物」を認め、屋敷の許可を得て、麟太郎が屋敷へ出入りしたり、屋敷が所蔵している書物を見たりすることを自由にしてくれたという。

また青崖のとりなしで、麟太郎は当主の黒田斉溥《なりひろ》にも謁見している。この斉溥も奥平昌高と同様、重豪の子であり、筑前黒田家に養子に行った者で、やはり蘭癖であった。斉溥は、大叔父とはいっても斉彬より二歳年下であり、二人はあたかも兄弟のように仲が良かったらしく、斉溥は斉彬の襲封に際しても一役買っている。だから斉彬が麟太郎の存在を知ったのは、あるいは斉溥から聞いた可能性もあるかもしれない。

『史談会速記録』によれば、麟太郎は、当時はまだ世子であった島津斉彬に依頼され、度々蘭書の筆写などを請け負っていたという。筆耕料は、世間一般には通常一枚につき五百文くらいだったらしいが、麟太郎はまだ若いからか、他家からの依頼では、一枚百文くらいであった。それが斉彬からは、多い時には一枚で一貫文もくれることがあったという。一貫文は千文である。現代の通貨に換算すると、一両＝四貫文＝十万円とすれば、一貫文は二万五千円となる。

麟太郎は青崖の下での蘭学修業のかたわら、日蘭辞書の『ヅーフハルマ』全五十八巻を、弘化四年の秋から翌嘉永元年の八月二日まで、一年がかりで二組筆写した。

当時かなり貧乏だった麟太郎には時価六十両もする『ヅーフハルマ』は買えるはずもなく、麟太郎は所有者を見つけて一年に十両の損料《そんりょう》を払う契約で借りて筆写した。二組のうちの一組を売って損料を支払ったのだという。そういった努力が実り、麟太郎が赤坂田町に私塾を開き、蘭書読解と西洋兵学の講義を始めるのは、この二年後の嘉永三年だった。

「その修理大夫様が、『お前の行末《ゆくすえ》は、伊勢に頼んでおいたからな』と何度か言ってたんだけど、伊勢って何かね」

「お伊勢様っていったら、やっぱり伊勢の神宮様じゃないですか」

「そうか。するってえと、修理大夫様は伊勢の神様においらの事を頼んでおいてくれたってことか」

「本当に有り難いことですよ、お前様」

3

鹿児島城下、下加治屋町。神社の境内で数人の二才《にせ》衆が白熱した議論を展開していた。

薩摩において「二才」とは「青年」で、だいたい十五歳から二十五歳までの青年を指した。二才衆は郷中《ごじゅう》ごとにグループを作り、自主的に武術や学問の指導を行っていたのである。

「確かに、調所のやってきたことは評価できもす。何しろ、かつては五百万両もあった借金がなくなり、逆に五十万両もの蓄《たくわ》えができたのでごわすからな。じゃっどん、幾ら国の財政が改善され、国庫が潤《うるお》っても、我々の暮らしは一向に楽にはなりもはん」

大久保正助が一気に捲《まく》し立てた。後の大久保利通である。グループの中で最も弁が立つ男だった。

「じゃって、一刻も早くお世継《よつぎ》様（斉彬）に、襲封《しゅうふう》して頂きたいのではごわはんか」

吉井幸輔《こうすけ》が当たり前だと言わんばかりに吐き捨てた。後の吉井友実である。吉井は、あまり身なりを気にしない性格だったので、いつも平気で汚れた服を着ており、それでグループの仲間《なかま》からは「汚れ」と呼ばれていたという。

「じゃっどん、お世継様は先々代の栄翁《えいおう》様（重豪）に似て蘭癖でおられもす。じゃっで、かような方が当主になられたら、また薩摩の財政は借金まみれに戻ってしまうのではごわはんか」

伊地知《いじち》竜右衛門が、口を挟《はさ》んだ。後の伊地知正治である。これは当主以下、久光派の人々と同じ意見であった。

伊地知は幼少時の病気のせいで片目と片足が不自由だった。それでも伊地知は剣術と兵学を究め、その能力と片目の故に、戦国時代に武田信玄の軍師であった山本勘助に因《ちな》んで「勘助」と呼ばれていたという。伊地知は後に薩摩の学問所である造士館の教授になっている。

「いや、栄翁様の蘭癖は、いわば御趣味でごわした。じゃっどん、お世継様のは極めて実用的でございもす。あん御方は、西洋の進んだ技術や西洋との貿易によって、薩摩を富まそうとのお考えだそうでごわす。拙者《せっしゃ》の父がそう申しておりもした」

大久保は少し胸を張って、自信たっぷりの表情をしてみせた。大久保の父の次右衛門利世《としよ》は琉球館に勤めていた関係で、海外情勢や薩摩の対外政策に明るかった。また、熱心な斉彬派でもあったので、大久保はこの父から斉彬に関する、主に好意的な情報を多く入手していた。

「じゃっどん、そうはいっても結局、潤うのは薩摩の上層部や商人《あきんど》だけで、我々下級の武士や百姓衆は、いつまで経っても貧しいままなのではごわはんか。そいでは今の調所が行う政《まつりごと》と同じではごわはんか」

税所《さいしょ》喜三左衛門が悔しそうに呻《うめ》いた。後の税所篤である。

「たとえ同じであっても、家は嫡男が継ぐものでごわす。そいを、長男であられるお世継様を差し置き、三男の三郎（久光）様が継ぐのは、長幼の序に反し、明らかに天の摂理に逆らう事ではごわはんか」

思わず吉井がかっとなって大声で怒鳴った。

すると、今までみんなの意見を黙って聞いていた大男が、腕組みをしながら話し始めた。

「おいはお世継様をお信じ申し上げたいと思いもす。おいは郡方《こおりかた》の書役助《かきやくたすけ》でごわんで、よく地方を回って百姓衆と話をしもす。すると、百姓らは皆、あげん百姓の暮らしをお考え下さる方は、おられないと申すのでごわす。みんなも知っている通り、お世継様は以前に天保六年と弘化三年の二回、ここ薩摩にお帰りになられもした。そん時にお世継様は、鷹狩りの度に、そん地方の村々を回られたそうでごわす。直《じか》に、百姓衆に熱心にご質問をされたり、労を犒《ねぎら》ったりなされたらしいのでごわす。おいはそん話を百姓衆から聞いた時、不覚にも涙が流れてしまいもした。そん御方が、当主ご就任後、我々下級武士や百姓衆の困窮《こんきゅう》をいつまでも放っておかれるはずはないと思いもす」

西郷吉之助、後の隆盛である。その大きな目には、今も涙が浮かんでいた。この時の吉之助は、この下加治屋町郷中の二才頭《にせがしら》であった。

「土民どもより、まずは俺共《おいどん》〝侍〟が先じゃ。結局、土民どもは、どこの国でも似たような状況じゃ。そんな奴らの暮らしを真剣に心配してみても始まらん。『百姓は、生かさぬよう殺さぬよう』が、御公儀の方針でごわす」

俺共《おいどん》（おれたち）と西郷殿《どん》の「どん」を混同してはならない。

有村俊斎が毒づいた。後の海江田信義である。のちに二人の弟の雄助と次左衛門が水戸浪士たちと謀《はか》り、桜田門外の変で大老の井伊直弼を暗殺する。その際、次左衛門が井伊の首級を挙げたという。この俊斎の言葉を聞くやいなや、西郷は大きな目を更に見開いて俊斎を見つめながら、訥々《とつとつ》と話し始めた。

「俊斎、どこの国でも同じじゃなか。こん薩摩の百姓衆は悲惨じゃや。じゃっで、みんな他国へ逃げてしまうのじゃや。そん逃げた百姓衆の数は数千人にも及ぶらしか。二年前の弘化三年に、我が薩摩は、日向の御料《ごりょう》（幕府直轄領）や高鍋に逃げた百姓衆五百人余りを無理に連れ戻し、牛馬や農具まで与えたんじゃが、しばらくすると多くの人々がまた逃げてしもうたんじゃ。よっぽど、こん薩摩が嫌いなんでごわんそなぁ。なぁ俊斎、いやみんな、百姓衆は国の礎《いしずえ》でごわんど。百姓衆がおらんでは、国は成り立ちもはん。……どうか、そいを覚えておいったもんせ」

斉彬には、郊外で「鷹狩り」を楽しみながら、その地の百姓に気軽に話しかけたり、鶴丸城の裏門から近臣を二人か三人だけ連れて市内や近郊を巡回《じゅんかい》したりして、よく民情を視察した、との話が伝わっている。これだけでも立派な名君といえるが、少々ありふれた話でもある。

一方、明治政府において外務卿《がいむきょう》や文部卿《もんぶきょう》を歴任《れきにん》した寺島宗則が残した手記の中に、斉彬を回想した部分がある。そこには、

ある時、斉彬公との雑談の中で、公は「今から二十年ほど前、儂《わし》は蘭学者の宇田川榕《よう》庵《あん》に西洋の育児院（現在の保育園や孤児院に当たる）の事を、いろいろな書物から拾い集めて翻訳してくれるよう頼んだことがある。しかし、多数の幼児に哺乳するにはどうするのか、多数の乳母を雇うのか、いまだによく分からんのだ」と仰《おっしゃ》ったことがある。その時は自分（寺島）も分からなかったので何も申し上げられなかったが、その後欧州に行って、はじめて牛乳で哺養《ほよう》することが分かった。その雑談時から二十年前といえば公がまだ二十七、八歳の頃であり、その頃からこのような事に注目され

ていたことを鑑《かんが》みれば、旧政を改良しようという公のお考えは一朝一夕にでき上がったものではないことが分かる。

（『鹿児島県史料　斉彬公史料（三）』）（現代語訳、カッコ内は筆者）

と書かれている。従って、この時の会話が寺島の回想通りだったのであれば、斉彬による西洋文明摂取《せっしゅ》の目的は軍事や殖産興業《しょくさんこうぎょう》の分野だけではなく、保育園や孤児院といった民生の分野にもあったと考えられる。民を愛する斉彬の姿勢が窺《うかが》われる。

ただし見方によっては、斉彬がこのような西洋の育児方法に興味を持った切っ掛けは、あるいは次々と夭折《ようせつ》してしまう我が子を考えてのものだった可能性もあると思う。

なぜなら、斉彬が二十七、八歳の頃といえば天保六、七年の頃であるが、この頃には既に長男の菊三郎が、文政十二年に生まれて僅《わず》か一ヶ月余りで死亡している。また斉彬が前掲の話を寺島にしたのは斉彬が四十七、八歳の頃、つまり安政二、三年の頃であるが、その頃までには長男に加えて長女、次女、次男、三男、四男、五男も亡くしている。

故に、もちろん保育園や孤児院などにも興味があったとは思うが、それと共に我が子の夭折を防ぐために、従来通り乳母に我が子を養育してもらうのではなく、何か別の方法で信頼のおける者に養育してもらう方法はないかと、斉彬は考えていたのではないかと筆者は思う。

嘉永元年十二月、江戸。十二月十九日に調所は江戸の島津家屋敷で急死した。薩摩の琉球を経由した密貿易を阿部老中より糾問《きゅうもん》され、その罪科《ざいか》が当主斉興《なりおき》に及ぶのを防ぐための服毒自殺だったといわれている。

斉彬も調所の死について、翌嘉永二年の手紙に「笑吐血《とけつ》の事、大円寺にてはこれ無く候、宿にての事に御座候、全く胃血のよしに御座候」(村野実晨宛書簡、一月二十九日）と記し、調所は滞在先の屋敷で死に、吐血や胃血といった表現を用いて、正常な死ではなかったことを仄《ほの》めかしている。

また別の手紙で斉彬は、「調所の失脚は、全く天機到来ともいうべきもの。黒田美濃守が格別に大骨折《おおほねお》りをしてくれた。老中の阿部もよく心得たもので、うまく芝居をやってくれた。もう少し存命して二階堂志津馬《しづま》のような見苦しい失脚ぶりを暴露《ばくろ》してくれたら尚更良かったのに、そういうことにもならずに早く死んだとは、さてさて運の強い人だ。きっと由羅たちや町人どもが腰を抜かしていることだろう」(『幕末の薩摩』原口虎雄）と、調所の死についての心情を吐露《とろ》している。

これらの書簡から、調所を窮地《きゅうち》に追い込んだのは斉彬が仕組んだ謀略であり、意外に斉彬が権謀術数を用いることもできる人物であった事実が分かる。

斉彬は当初、ここで一気に父の斉興の隠居、自身の襲封にまで事を運ぶつもりだったが、調所の予期せぬ死により、そこまで持っていくことは中止した。しかし、いずれにせよ斉彬の襲封が近づいたことは間違いなかったが、それにはまだ、乗り越えなければならない大きな壁があった。

4

嘉永四年二月、斉興がようやく隠居《いんきょ》し、世子の斉彬がついに島津家当主となった。

鹿児島下加治屋町。吉之助ら若い衆が、いつものように近所の神社に集まっていた。皆、斉彬派だったので、待ちに待った斉彬の襲封を喜んでいた。中には涙ぐんでいる者もいた。

「やりもしたなあ。とうとう」

「ああ」

「ほんのこて、良かったでごわす」

「正は邪に勝ちもした」

「吉之助さあ。こいで、赤山さぁたちのご無念も晴れもすなあ」

吉井幸輔が嬉《うれ》しそうに微笑んだ。

「うん、うん」

吉之助は目から大粒の涙を流して感じ入っていた。

赤山靱負《ゆきえ》は島津家の一門である日置《ひおき》家の出身で、斉彬の当主就任を急ぐ斉彬派の主要人物であった。だが、反斉彬派＝久光派の中心人物であるお由羅と、取り巻きの重臣、久光本人をも殺害しようとした計画が露見《ろけん》し、斉興の命によって切腹させられていた。斉彬襲封の前年、嘉永三年の出来事であった。

この事件を一般にお由羅騒動または高崎崩れ、あるいは嘉永朋党《ほうとう》事件といい、この時に切腹させられた者は、赤山の他にも町奉行兼物頭の近藤隆左衛門《りゅうざえもん》や同役の山田清安《せいあん》、船奉行の高崎五郎右衛門などがいた。また切腹以外に遠島や蟄居《ちっきょ》に処せられた者もおり、処罰を受けた者は、およそ五〇名にも及んでいた。

その切腹の際、赤山家の用達《ようたし》を務めていた吉之助の父の吉兵衛が赤山の介錯《かいしゃく》をし、吉之助は赤山の血染めの肌着を吉兵衛から見せられ、号泣《ごうきゅう》したといわれている。だから吉之助ら若い斉彬派の者たちにとって斉彬の襲封は、お由羅騒動で処分された者たちへの最大の供養《くよう》であり、感無量の出来事だった。

「あ、俊斎。とこいで正助どんは、こんこつを知っちょいもすか」

「さあ。もしかしたら、まだ知らんかもしれもはん」

「そうか。そいなら、おいが帰りに寄って正助どんにも教えてあげもんそ」

琉球館に勤めていた大久保正助の父の利世も、お由羅騒動によって処罰され、喜界《きかい》島に流されていた。その影響で、正助も役を解かれて自宅で謹慎中だったので、吉之助らの二才衆の集まりにはしばらく参加していなかった。

嘉永四年八月、鹿児島。斉彬の居城の鶴丸城に、ある男が極秘裏《ごくひり》に召し出された。男は土佐出身の元漁師でジョン万次郎といった。

これより十一年前に、万次郎は乗っていた漁船が遭難《そうなん》してアメリカの船に助けられ、そのままアメリカに渡って、およそ十年間生活した。この年の一月に琉球に上陸し、半年間ほど琉球に滞在させられた。

その後、キリスト教に入信していないか等、軟禁《なんきん》状態に置かれて監視された。その結果、邪教に染まっていないことが確認されて、ようやく鹿児島に護送されてきた。

万次郎が庭で平伏《へいふく》していると、斉彬が広間に入ってきた。斉彬は即座《そくざ》に自ら縁側《えんがわ》までやって来て、興味津々《しんしん》といった様子で万次郎に質問し始めた。万次郎が琉球に上陸したことを知ったのは随分《ずいぶん》前だったので、斉彬は万次郎に会うのを心待ちにしていた。

「其方《そのほう》が万次郎か。直答《じきとう》を許す。面《おもて》を上げよ」

「はっ」

「近年、異国船が日本近海に頻繁《ひんぱん》に来るようになったのは何故じゃ？」

「他国船の事はよお分かりぁせん。けんどアメリカ船は捕鯨のために日本の側《そば》に来《き》ちゅう」

「アメリカは、日本を自国の領土にしようという気はあるのか？」

「ないきに」

「何故じゃ？」

「アメリカ船は、ただ船が立ち寄るための中継基地が欲しいだけやき。だから、日本の港に数日間船が滞在できれば、それだけでええきに。アメリカは土地が広いから、特に領土は欲しがっちょらん。自国が小さいから領土を増やしたがっている英国とは違うきに」

「ほう、さようか。して、アメリカ国を治める家は、何という家か？」

「四年ごとに変わるきに、よう分からん。四年ごとに、器量が一等の人を入れ札で決めちょる」

「入れ札？　その入れ札は、侍によるものか？」

「侍はアメリカにないきに。国民は全て『フリー（自由）』、『イコール（平等）』にプレジデントを選びゆう」

「うーん。『フリー』や『イコール』とは、蘭語でいうところの『フレイヘイド』かのう。されど、アメリカの国情は、オランダともかなり違っておるようじゃな」

さすがの斉彬も驚いたと見え、横にいた側近と顔を見合わせた。

第二章　抜擢

1

嘉永七年一月、鹿児島。いかに南国の薩摩とはいえ、冬は寒い。その寒風《かんぷう》吹きすさぶ中、吉之助は当主斉彬の参勤に従って鹿児島を発《た》った。吉之助にとっては生涯で最初の薩摩の外への旅路であった。その胸中には不安と期待が入り混じっていたが、ふと振り返ると、雄大な桜島がまるで自分たちの見送りをしてくれているかのようであった。

その道中、鹿児島郊外の横井という土地で一行が休息した際、斉彬が

「西郷吉之助という者はどこにいるか」

と近習《きんじゅう》に尋《たず》ねた。

吉之助が薩摩の政庁に提出した意見書を斉彬が読み、「西郷」という名前を記憶していたのだ。随行者《ずいこう》の人員名簿に、斉彬が自《みずか》ら吉之助の名前を書き込んだという説もある。

近習が慌《あわ》てて吉之助を捜《さが》し、

「あの者にございます」

と斉彬に告げた。

近習が指し示すほうを見ると、少し離れた広場で見送りに来た人々と談笑する大男を、

斉彬はすぐに発見した。

（あれが西郷吉之助か。魁偉《かいい》な。まるで力士のようではないか。体は丈夫《じょうぶ》そうじゃな。それにしても何と大きな体と目ン玉じゃ。これは鍛え甲斐がありそうじゃのう）

と斉彬は至極《しごく》ご満悦《まんえつ》な様子であったという。

一方の吉之助も、斉彬の近習が自分を探しに来たので何事が起こったのかと身構えていると、僅《わず》か三十メートルくらいしか離れていないところに、何と斉彬自身がこちらを見ながら立っているのに気が付いた。

「太守《たいしゅ》さま……」

茫然《ぼうぜん》としながら、吉之助はまるで譫言《うわごと》のように呟《つぶや》き、すぐに地面に平伏《へいふく》した。すると周りの随行員たちも慌てて地面に平伏し始めた。

三月。江戸、島津家屋敷の長屋。この年、西郷吉之助は中御小姓《ちゅうおこしょう》・定御供《じょうおとも》・江戸詰を仰せ付けられて江戸に出府した。屋敷内の長屋で、吉之助が来る前から江戸に出府していた旧知の樺山三円《さんえん》、大山正円《せいえん》（後の綱良）、有村俊斎らと共同生活を送っていた。

「それにしても、吉之助さぁも江戸に来られて、ほんのこて良かったでごわすなぁ」

「あいがとなぁ、俊斎」

「もう江戸には慣れもしたか」

「いやぁ、まだまだでごわす。つい先日も、道に迷ってしまいもした」

「そりゃ、鹿児島とは比べもんにならんくらい、江戸は大きいからのう」

「あんまり道端《みちばた》でまごまごしちょっと、台車や駕籠《かご》にひかれもんど。気い付けったもんせ」

「だいぶ収まりもしたどん、今年初めにペリーが再びやって来た時には、それは大騒ぎでごわした。そん頃にもし吉之助どんが江戸にいもしたら、さぞ大変だったでごわんそなぁ」

樺山と大山が吉之助をからかった。

嘉永六年六月に続いて翌七年一月に再来したペリーは、幕府と交渉の結果、ついに三月三日に日米和親条約を締結した。斉彬と吉之助が江戸に着く、僅《わず》か三日前の出来事だった。

「大きいだけじゃのうて、江戸は活気があいもす。町人衆も、皆明るくて幸せそうに見えもす。何ちゅうても、町に白米が溢《あふ》れちょいもす。道端の屋台で、白米の寿司が食えるのでごわす。町人衆がうまそうに寿司をつまんでいるのを最初に見た時、おいは魂消《たまげ》もした。鹿児島では、俺共《おいどん》城下士でさえ、粟《あわ》や麦、さつまいもを食べていもすのに」

吉之助の言葉に、俊斎も同感して口を開いた。

「そいは、おいも初めは驚きもした。そいで、今江戸で毎日白い飯を食べさせてもろうて、嬉《うれ》しいやら、故郷の家族や仲間たちに申し訳ないやらで、複雑な気持ちでごわす」

「町人衆だけじゃやなか。近郊の百姓衆も同様に幸せそうに見えもす。今回の参勤で鹿児島を出てから江戸に着くまで、おいは注意して沿道の村々を見ていもした。おいは昨年まで十年間郡方《こおりかた》に勤めていもしたで、つい農村の状況を観察してしまうのでごわす。そいでつくづく思ったことは、どの村々もみな鹿児島より豊かに見えもした。荒れ地もほとんどなく、百姓衆も血色《けっしょく》が良さそうでごわした。やはり鹿児島の百姓衆は、ほんのこて悲惨でごわす」

吉之助は溜息《ためいき》交じりに話した。

2

江戸城の一室。島津斉彬は越前松平家当主・松平慶永と相対していた。ちょうど城内の廊下で斉彬を見かけ、とっさに慶永のほうから斉彬を呼び止めて部屋に招《しょう》じ入れたのだが、どう話を切り出していいか分からず、慶永はうつむき加減にもじもじしていた。既に斉彬と慶永とは知己《ちき》の仲であった。だから、こんな時は取り敢えず天気の話や家族の話など、何の取り留めもない話から始めればいいのだが、この時に限って何も慶永の頭には浮かんでこなかった。

やはり話の内容が内容だけに、自分でも気付かないうちに緊張しているようであった。いや何よりも老中首座の阿部正弘から、この件について口止めされていたのだ。

この慶永の状態を見かねた斉彬が助け舟を出した。この辺り、慶永より十九歳年上の斉彬は落ち着いていた。この御三卿の一つである田安《たやす》家出身の貴公子が何を話したいのか、斉彬には手に取るように分かっていたのだ。

「将軍家のご継嗣《けいし》の件でございますな？」

斉彬の声は低く、刺すようだった。その瞬間、慶永の体がビクッと動いたが、やがて意を決したのか重い口を開き始めた。

「さようでございます」

しばしの沈黙の後、斉彬がいきなり核心《かくしん》を衝《つ》いた。

「某《それがし》は、一橋様をおいて他にはおられないと考えております」

「あっ」

意表を衝《つ》かれて慶永は戸惑《とまど》った。まさかこんなに単刀直入に言われようとは想像もしていなかった。

「ご安心召《め》されよ。実は以前より、拙者と阿部伊勢守殿とは本件について志《こころざし》を同じくしております。だから、貴殿も一橋様をご継嗣にと考えておられることを、既に拙者は阿部殿から聞いていたのです」

「そうでしたか。それは良うございました」

「また拙者は阿部殿より、貴殿が拙者にこの件について話してくるかもしれないので、その時にはよしなに扱こうて欲しいと、以前から頼まれていたのです」

斉彬は微笑んだ。

「左様でございましたか。何やら、緊張して損したような気分でございますな」

慶永が笑うと、つられて斉彬も笑い出した。しかし、すぐに斉彬は真顔《まがお》になって続けた。

「されど、やはりこの件は他の諸侯には秘密にしておいたほうがようござる。敵味方がはっきりせぬまま今みだりに動いては、我らの計画が水泡に帰してしまう恐れがございます。事は慎重を要しますれば、どうか暮々も自重《じちょう》して下され」

「分かりました」

凄《すご》みのある斉彬の眼光に、思わず慶永は息をのんだ。

3

四月。吉之助が江戸に出府して、ようやく一カ月が経っていた。初めて見る江戸の桜は美しかった。だが、吉之助にはとても桜を見て楽しむ余裕《よゆう》はなかった。慣れない江戸暮らしに加えて、新たにアメリカとの間で結ばれた日米和親条約の是非《ぜひ》をめぐって、幕府と諸大名の間で議論が紛糾《ふんきゅう》し始めたからである。

そんな或《あ》る日、突如吉之助の元に、斉彬の住む屋敷に来るようにとの連絡が届いた。吉之助は何事かと緊張しつつ庭先で平伏していると、斉彬が近習《きんじゅう》たちを従えて現れた。

「吉之助か。苦しゅうない、面《おもて》を上げよ」

「はっ」

吉之助はおそるおそる顔を上げた。

「元気そうだな」

「はっ」

「そう硬くならずともよい。互いに相対《あいたい》するのは、今日が二度目ではないか」

二人は江戸へ出府する道中、鹿児島の休憩所で遠目《とおめ》ながらも一度会っていた。それでも、吉之助の胸の鼓動《こどう》は激しさを増していた。後光が射《さ》しているようで、斉彬の顔もろくに見ることができなかった。

「今日、其方《そのほう》を呼んだのは他でもない。そちに庭方役《にわかたやく》を頼みたいのだ」

「は？」

聞き慣れない言葉に、吉之助には状況がよく飲み込めなかった。

「毎日この庭に侍《じ》し、殿より直々にご沙汰があるのを待つのじゃ」

近習の一人が説明した。

「庭方役は庭におる故《ゆえ》、煩《わずら》わしい手続きをすることなく、貴殿のご身分でも殿と直々に接することができる重要なお役目でごわす。有り難く拝命《はいめい》しやったもんせ」

別の近習が説明した。

「はっ。有り難き幸せに存じ奉りもす」

「吉之助。儂《わし》は郡方に勤めておる頃の、其方《そのほう》からの意見書を度々読ませてもらい、其方の百姓と真摯《しんし》に向き合う誠実さと、役人の不正や腐敗を厳しく糾弾《きゅうだん》する清廉《せいれん》さに、深く感銘《かんめい》したのだ。これからも、その姿勢を忘れずに、儂を助け、薩摩のため日本のために働いてもらいたいのだ」

「ははぁ」

吉之助は深く平伏した。涙が溢《あふ》れ、しばらく顔を上げることができなかった。

数日後、屋敷内から斉彬が、庭の吉之助を呼んだ。

「吉之助はおるか」

「はっ」

吉之助は庭先で平伏した。

「そこでは少し遠い。部屋へ上がれ」

「いえ、おいの身分では、殿と同じお部屋には上がれもはん」

「吉之助。彼《か》の西洋の国々では、人間は生まれながらに自由《フリー》、平等《イコール》だと唱《とな》えられておるそうだ。何とも驚くべき思想だが、従来の身分が定められた我が日本の制度よりも、こちらのほうが多くの優秀な人材を集め、有効に用いることができるという。そこで儂も、このような西洋のやり方を徐々《じょじょ》に採用していこうと思うておる。そうせねば、西洋の国々にはいつまで経《た》っても追いつけまい。だから其方《そのほう》も遠慮することなく、早《は》よう上がって参れ」

「はっ」

吉之助は目頭《めがしら》が熱くなり、俯《うつむ》いたまま平伏していた。

「またか、吉之助。どうもそなたは泣き虫のようだのう」

（純粋だが、ちと感情の起伏が激しいようだな）

「儂に会《あ》う度に泣いておったのでは、仕事にならんではないか」

斉彬は微笑みながら、吉之助の顔を見つめていた。

吉之助を庭方役に推挙《すいきょ》したのは、斉彬の側近であった関勇助だという。そのように斉彬に見出された吉之助の喜びは天にも昇るほどだったが、一方の斉彬にとっても、吉之助を見出せたことが大きな喜びであった。

それは『逸事史補』によれば、斉彬が松平慶永に会った際に、

「私には家来はたくさんいますが、役に立つ者はほとんどおりません。しかし西郷という家臣だけは薩国貴重の大宝です」

と慶永に打ち明けたことからも窺《うかが》える。

「ただ彼《か》の者は独立の気象が旺盛なので、彼《か》の者を使いこなせる者は私だけでしょう」

と斉彬は慶永に伝えたという。

まさに大絶賛《ぜっさん》といっていい斉彬の吉之助評であるが、その一方で役に立たない無能な家臣がほとんどだというところに、単に島津家だけでなく幕末時における武家社会全体の、

世襲身分制を繰り返した末の病巣《びょうそう》が垣間《かいま》見えるように思う。その病巣を白日の下に晒《さら》す作用をしたのが、他ならぬ黒船の来航であった。この状況を斉彬は客観視し、多くの家臣たちの無能さに気付いていたことが、実に斉彬の非凡《ひぼん》なところだったと思われるのである。おのれが無能ならば、周りの無能さ加減にも気付かないだろうと思うからである。

ただし、当時の薩摩は先年のお由羅騒動によって斉彬派の優秀な人材が幾人も死罪や遠島などの処分に遭《あ》ったために、斉彬の周囲では極端に人材が不足していたという特殊な事情もあった。これが吉之助の抜擢《ばってき》を後押しした一つの要因だったのであろう。

また斉彬が説く吉之助の「独立の気象」とは、誰に対しても思ったことを言う吉之助の性格を表現したものだと思われるが、これが吉之助の長所だと思う。しかしながら、当然、吉之助のような軽輩《けいはい》にずけずけと物を言われたら、よほどの器量がない限り、大抵《たいてい》の上級武士は腹を立てるであろうから、それを指して斉彬は「私しか使いこなせない」と評したのであろう。この吉之助の抜擢からも斉彬の平等観が窺《うかが》えると思う。

4

「ご免」

初夏のある日、赤坂田町の勝麟太郎邸を一人の幕臣が訪問した。痩《や》せぎすで顔の彫《ほ》りが深く、三十八歳という年齢より十歳くらい老《ふ》けて見えた。声も小さくてしわがれているので、よく通らない。案の定、勝邸からは何の返事もなかった。邸内では、何やら小さな子供が泣いているようだった。これでは応答がないのも無理はなかった。

「ご免」

男はもう一度、今度は少し大きめに呼んでみた。すると、扉を開けて中から女性が出てきた。麟太郎の妻のたみだった。その傍《かたわ》らには夫妻の子供たち、長女の夢子と次女の孝子、長男の小鹿《ころく》がいた。どうやら先ほどから聞こえる泣き声の主は、二歳になる小鹿のようであった。

「はい、勝の家内のたみでございます」

一見して身分の卑《いや》しからぬ侍の訪問に、たみは少し戸惑《とまど》いながら応対した。

「拙者は目付の大久保と申す者でござるが、勝麟太郎殿はご在宅《ざいたく》ですかな」

「はい、中におります。どうぞ、お上がり下さい」

さして幕府の職制に詳しくないたみも、目付がかなり高い地位の職であることは知っていた。たみは内心うろたえながらも、丁重《ていちょう》に大久保を応接間に案内した。

麟太郎は袖《そで》をまくって団扇《うちわ》で扇《あお》ぎながら、書斎で蘭書を読んでいた。そこへたみが来客を告げに来たので、慌てて蘭書をしまって袖を元の状態に戻し、応接間に向かった。

「さて大久保様、此度《こたび》はどのようなご用向《ようむ》きでございましょう」

この不意の訪問者には、さすがの麟太郎も少し緊張した面持ちになった。

「昨年貴殿が提出なされた意見書を読み、貴殿のご慧眼《けいがん》には実に感服《かんぷく》しました」

「有り難き幸せに存じます」

　無役《むやく》の小普請《こぶしん》で、自身より六歳も年下である麟太郎に対しても、
　大久保は丁寧な言葉遣《づか》いで誠実に対応した。まずその人柄に、麟太郎は心中で秘かに舌を巻いた。

（お目付様といいやぁ、おいらから見りゃ雲の上の存在よ。それを一人でわざわざ、こんな冴《さ》えねぇあばら家《や》までやって来て、その上この誠実さと来たもんだ。この人は「人物」に違えねぇ）

　この大久保といい、後に肝胆《かんたん》相照らす仲ともなる西郷といい、どうやら麟太郎は礼儀正しく誠実な人物に好感を持つようである。しかしその一方で、麟太郎本人の他人に対する言動は、どこかぶっきらぼうで直情的なところがあり、悪意はないものの、決して「礼儀正しい」とはいえない言動も多い。麟太郎は、自分にないものを他人に求めるタイプだったのであろうか。

　大久保忠寛《ただひろ》は文化十四年（一八一七年）に江戸で生まれた。幼名は金之助といい、後に三市郎といった。志摩守を経て右近将監《しょうげん》、伊勢守、越中守となり、四十九歳で隠居して一翁《いちおう》と名を改めた。忠寛の大久保家は三河以来の譜代《ふだい》の旗本であり、禄高は五百石であった。だから禄高四十俵の麟太郎の勝家とは雲泥《うんでい》の差があり、忠寛はエリート官僚といえた。

この前年の嘉永六年、ペリーの率いる黒船が四隻、浦賀沖にやってきた。ペリーは大砲で威嚇《いかく》しつつ、アメリカ大統領フィルモアからの開国を促《うなが》す国書を強引に幕府へ渡し、来年返事を貰《もら》いに再び訪れることを約束して去っていった。幕府はその国書を翻訳して諸大名や幕臣に示し、広く意見を求めた。その際、麟太郎も時節到来《じせつとうらい》とばかりに、日頃から練《ね》っていた意見を上申《じょうしん》した。その意見とは次の五項目であった。

（一）人材登用・言路洞開《げんろとうかい》。

（二）外洋航海に耐えうる大船を造って清国・露西亜《ろしあ》・朝鮮などと交易し、その交易の利益を国防費にあてる。また外洋航海が艦船運用の訓練にもなる。

（三）江戸の防備を固める。

（四）旗本の困窮《こんきゅう》を救済し、西洋風の兵制に改め、西洋式の教練学校を作る。

（五）火薬や武器の製造体制を確立する。

（一）や（四）は、ガチガチに凝《こ》り固まった封建制の打破に繋《つな》がるものである。従って（四）の「西洋風の兵制」とは、単に「西洋の最新式の兵器を備えた軍隊」というだけでなく、やはり世襲身分制を排除《はいじょ》した平等な兵士からなる「徴兵制」のようなものを念頭に置いていたのであろう。しかし、この辺りに言及することは「幕藩体制」への批判と受け取られかねないため、そう易々《やすやす》と言えるものではなく、それなりの覚悟と理論武装が必要である。それを、こうもはっきりと主張する麟太郎にもしかしたら大久保は期待したのかもしれない。

余談ながら、大久保忠寛は「大政奉還論」を実際の大政奉還の五年前にあたる、文久二年に早くも提唱し始める。しかし、文久二年は皇女和宮が十四代将軍の徳川家茂《いえもち》に降嫁《こうか》した年であり、当時はまだ「公武合体」が世の中の主流であった。だから、そんな時に「政権を朝廷に返す」など言語道断であり、幕閣はもちろん同僚の幕臣たちからも大久保は「狂人」扱いされ、すぐさま左遷、後に免職・差控《さしひかえ》の処分を受けてしまう。それでも、この豪胆《ごうたん》さと先見の明はあるいは麟太郎以上かもしれず、こんな大久保だからこそ麟太郎の非凡さを見抜いたのであろう。

「そなたの名は阿部伊勢守様もご存知《ぞんじ》でおられ、そなたの今後の活躍にも期待しておられます」

「ありがとうございます」

「いずれ幕府よりお召《め》しがあり、そなたにも役向きが仰《おお》せ付けられると思います。どうか、その心積《こころづ》もりでいて下され」

「ははぁ」

（やっと、おいらにも運がめぐって来やがった。これでようやく、無役の小普請とはおさらばよ、ははは。だが待てよ。……無役の御家人に過ぎない俺の名前を、何で老中首座の阿部伊勢守様がご存知なんだ？）

麟太郎は一瞬不思議に思ったが、やがて体の芯《しん》から熱い何かが込み上げてくるのを感じ、すぐにその疑問を忘れてしまった。

その後しばらく、麟太郎はここぞとばかりに、幕府の内政や国防に関する日頃の思いの丈《たけ》を忠寛に話した。前述したように、それは取りようによっては公儀《こうぎ》への不平・不満とも取られ兼ねない危《あや》うさがあったが、相手の忠寛が黙って聞いているのをいいことに、麟太郎は一気に捲《まく》し立てた。麟太郎は忠寛の顔色を見て、「幾ら話してもこの御仁《ごじん》なら大丈夫だ」と踏《ふ》んでいた。この辺り、麟太郎は相手の顔色を見、場の空気を読み、相手の心情を掴《つか》むのが得意であった。

後年麟太郎が「おれは、今までに天下で恐ろしいものを二人見た。それは、横井小楠と西郷南洲とだ」と感じたのは、横井と西郷の人格や能力も然《さ》る事ながら、恐らく二人が麟太郎と波長が合わず、掴《つか》み処《どころ》がなかったから「恐ろしい」と感じたのではないか。

例えば、横井が自分のペースで麟太郎以上に喋《しゃべ》りまくったとか、逆に西郷はほとんど喋らず、無反応だったといった具合である。剣道でも柔道でも、相手が次に何を仕掛けてくるか読めず、相手の動きを「見切れない」時に、一層相手を恐ろしく感じるものである。それと同じことではないだろうか。

その麟太郎の訴えることを、忠寛は時に頷《うなず》き、時に相槌《あいづち》を打ちながら黙って聞いていた。麟太郎のテンポのいい饒舌《じょうぜつ》が、聞いている忠寛には心地良かった。この口達者さが麟太郎の大きな武器であった。

　麟太郎が一通り話し終わると、満足したように忠寛は帰っていった。

　翌日、江戸城の一室。大久保忠寛は、昨日訪問した麟太郎の状況を同僚の海防掛・目付である岩瀬忠震《ただなり》に話していた。岩瀬は文政元年（一八一八年）の生まれなので、この時大久保より一つ年下の三十七歳であった。それでも、目付に就任したのは岩瀬のほうが四カ月ほど早かった。

「して大久保殿、勝麟太郎とは如何なる人物でござった？」

「いや、中々の人物でござった。持ち前の意見を理路整然と話し、憂国《ゆうこく》の情も深く、金銭にも清潔なようです。また、貧しいながらも家族共々明るく暮らしているようで、人物的にも信頼できそうです。とにかく口が達者で、よく喋《しゃべ》る男でございました。あの舌鋒《ぜっぽう》は、貴殿といい勝負かもしれませぬぞ」

「はは、それは頼もしい限りですな。是非《ぜひ》拙者も一度、会ってみたいものでござる」

　日頃冷静な岩瀬にしては珍しく、相好《そうごう》を崩《くず》していた。

「是非、そうして下され」

「では勝麟太郎の件、阿部伊勢守様にご推薦《すいせん》申し上げて宜《よろ》しいですかな」

　特徴的な切れ長の眼を輝かせて、岩瀬が訊《き》いた。

「できれば岩瀬殿にもお会いして頂きたいところですが、伊勢守様の至急のご用命とあらば、もはやぐずぐずしている暇はございませぬ。拙者としましては、彼《か》の者にて異存はありませぬ」

岩瀬はこの後海防掛・目付のリーダー的存在となり、米国使節ハリスとの間で折衝《せっしょう》を重ね、日米修好通商条約の締結に尽力する。しかし十三代将軍徳川家定の継嗣を一橋慶喜にしようとする一橋派に属したため、紀州徳川家の当主、徳川慶福《よしとみ》を推す南紀派の井伊直弼らに煙《けむ》たがられ、安政の大獄によって罷免《ひめん》・蟄居《ちっきょ》させられてしまう。

一方麟太郎は、この翌年の安政二年一月に下田取締掛手付に命じられ、蘭書翻訳に従事することになり、手始めに大久保に随行して、大坂・伊勢方面の海岸見分《けんぶん》に出掛けた。こうして下僚ではあったが、麟太郎は幕府に登用されたのであった。

このように期せずして、ほぼ同時期に勝麟太郎と西郷吉之助は、自身の意見書が認められて将来への飛躍の足掛りを得ることができた。しかし、この頃にはまだ、二人はお互いの顔をおろか、名前さえも知らない状況であった。

5

八月、江戸の島津家屋敷。吉之助ら若手の島津家家臣数名が、屋敷内で密議を行っていた。暑いさ中、扉を閉めて密談していたので、皆、額に汗をにじませていた。

「おいはもう我慢ならん。お由羅を斬りもんそ」

「おう、善は急げじゃ」

「まあ待て。ここはじっくり策を練《ね》りもんそ」

逸《はや》る樺山三円と有村俊斎を吉之助が制した。

先月の閏《うるう》七月二十四日に、斉彬の世子であった五男の虎寿丸が僅《わず》か六歳で亡くなった。既に長男から四男までも早世《そうせい》していたので、この時点で斉彬の世継ぎと成り得る男子は絶えてしまった。加えて、斉彬本人も閏七月の末より原因不明の病に罹《かか》っていた。

薩摩では古来より兵道《ひょうどう》という修験道《しゅげんどう》の一種が盛んであり、呪詛《じゅそ》によって相手を殺したり、病気にしたり、寿命を縮めたりできると信じられてきた。だから吉之助らは、斉彬の息子たちの早世や斉彬本人の発病は、前当主斉興の側室で久光の生母であるお由羅が、久光を当主にしたいがために、修験者《しゅげんじゃ》を使って呪詛させていることが原因だと考えていたのである。

また、それを裏付けるかのように、かつて早世した斉彬の子息の部屋の床下から、呪詛《じゅそ》に用いる藁《わら》人形が発見されたと、誠しやかに囁《ささや》かれていた。そこで、吉之助らはお由羅を斬ろうといきり立っていたのである。

「たとえ江戸の高輪屋敷にいるお由羅を斬ったとしても、国許の久光や久光派の重臣たちが健在では何の意味もなか。じゃっで、こん話は国許の正助どんたちと綿密《めんみつ》に連絡を取り、立つ時は双方呼応して立たねばなりもはん。よかな？」

吉之助が皆に説《と》いた。

しかし、この吉之助らの密議は、やがて斉彬の知るところとなってしまった。早速吉之助は斉彬に呼ばれ、恐る恐る主君の面前へ現れた。斉彬はまだ病身であり、そのやつれ方が痛々しかった。

「吉之助、其方《そのほう》らが何を計画しておるか、儂《わし》は知っておるぞ」

「はっ」

吉之助は平伏したまま答えた。

「其方は、まだ儂の心が分からんのか」

「――」

吉之助には、斉彬の言わんとする事が分からなかった。

「今の薩摩は、先のお由羅騒動で多数の犠牲者を出して以来、深刻に分裂してしまっておる。そこに、もし今お由羅や重臣たちを斬ったりしたら、再びご隠居（前当主斉興）の怒りを買い、またもや多くの犠牲者を出すことになるやもしれぬ。それでは、またしても大きな禍根《かこん》が残り、益々薩摩は分裂を深めてしまうことになる。そうなってしまっては、この大事な国難の時期に、我が薩摩は日本国のお役に立てぬではないか」

「はい」

「分かったのなら、其方《そのほう》から血気《けっき》に逸《はや》る二才《にせ》どもに儂《わし》の意を伝えよ。よいな？」

「はっ」

こうして突出は避けられた。その後吉之助は目黒不動で斉彬の治癒《ちゆ》を祈っている。その甲斐あってか、翌九月に斉彬は全快した。

6

安政四年春、長崎。麟太郎は安政二年の十月より長崎に滞在し、海軍伝習所で艦長候補として航海術などを学んでいた。

幕府は、長崎の海軍伝習が軌道に乗ってきたのをみて、江戸にも軍艦教授所を作り、更に大々的に訓練を行おうとした。そこで、長崎で学んでいた伝習生を江戸に移し、長崎には代わりに新しい伝習生を送ることにしたのである。

当然麟太郎も江戸へ帰るはずだったのだが、教師であったオランダ人から異議が出て、麟太郎は長崎に残留することになってしまった。教師のオランダ人たちもこの年に交代することになっていたので、教師も生徒も新人では授業の運営にも支障をきたす恐れがある。だから、生徒のうちの誰かが残って授業等を円滑に回して欲しいとの要請に、麟太郎ら数人が残ることで応《こた》えたのである。

内心、麟太郎も江戸に帰りたかったであろう。しかし麟太郎は素早く気持ちを切り替え、前年の安政三年より執筆中であった『蚊鳴余言《ぶんめいよげん》』の執筆に心血《しんけつ》を注いだのである。『蚊鳴余言』は、麟太郎がオランダ人教師から聞いた西洋の日常生活や文化、歴史など、様々なことを書き留《と》めた聞き書きだが、この時期に麟太郎にとっての情報源となっていたのは、オランダ人教師団の団長ペルス・レイケンであった。麟太郎は長崎の町を彼と散歩しながら、西洋に関する様々な知識を彼から吸収していった。

ある長崎の寺を二人で歩いている時に、やはり話題は宗教になった。

「新教の改革派は、その教法は大いに世俗に関係があります。教会や牧師は質素で、君臣・親子の道、子弟の順逆などを丁寧に教え、みだりに天国や地獄の話はしません。一方旧教のローマ・カトリックは世俗とはかけ離れたところがあり、よく天国や地獄の話をします。教会や神父も豪華・美麗であり、あたかも信者を驚かせて屈服させようとするかのようです」

「へえー、そうかい。で、その新教と旧教ってのは仲が悪いのかい？」

「はい。極めて悪いです。歴史上幾度も、彼《か》の者らは互いに殺しあってきました」

「やっぱりそうかい」

「我が祖国オランダは新教国ですが、このオランダとそれまでオランダを支配していた旧教国であるイスパニアとの間で、八十年にも渡って戦争が起きました。この戦争の結果、我が祖国はイスパニアより独立することができたのです。また、この八十年と時期は重なるのですが、欧州の他の国々も新教国と旧教国とに分かれて、三十年に渡って戦いました」

「八十年かい。そりゃすごいね。だけど、昔日本でも一向宗という仏教徒が一揆を起こし、地域によっちゃあ、かなり長いこと争いが続いたらしい。宗教ってのは恐ろしいね」

「はい。宗教は人を惑わし、その結果父子や兄弟が相争ったり、君臣が殺しあったりします。本当に恐るべきものです」

「こいつを防ぐには、どうすりゃいいのかね」

「それはやはり、学問を奨励し、人々を無知蒙昧《むちもうまい》の闇から開明へと導くことではないでしょうか。無知蒙昧な人ほど、宗教に惑《まど》わされやすいと思います」

　また別の日には、こんな会話もあった。

「今日の世界では、大別して二種類の国政の形があります」

「ほう、どういう形だい」

「一つはオンペパールデモナルク（専制君主制）。もう一つはベパールデモナルク（立憲君主制）です」

「え、何だって？　聞いたことない単語だから、聞いた発音のまま書いとこう」

「前者はロシアや日本、清国などで、帝王が君臨し、その帝王が意のままに政治を行っている国です。後者は帝王の下に議会があり、帝王も法律によって規制され、決して帝王の意のままには政治を行えません。我がオランダをはじめ欧州にはこの形が多いです」

「ふーん。なるほどねえ」

（あれ。確かアメリカは帝王がいない共和制だよな。なんでこの分類の中にないのかね）

麟太郎は質問しようとしたが、止めた。何か、複雑で繊細な国際問題を含んでいるような気がしたのである。

ペルス・レイケンがこの時アメリカの名前を挙げなかったのは故意《こい》かどうか分からないが、オランダの国情を反映して敢《あ》えて共和制を伏せたのかもしれない。ここで共和制を挙げてしまうとオランダの先進性が色褪《いろあ》せて見えるし、何よりも将来日本が共和制になってしまうことを恐れる気持ちもあったのかもしれない。ペルス・レイケンはこの安政四年の八月に来日したカッテンディーケと教官職を交代し、オランダへ帰っていった。

7

五月、熊本。越前松平家家臣の村田氏寿《うじひさ》が、主君の松平慶永の命を受けて、肥後細川家家臣の横井小楠を越前松平家の政治顧問に迎えるために、熊本郊外沼山津《ぬやまづ》の小楠の自宅を訪れた。

小楠と越前松平家との交流の歴史は古く、嘉永二年に遡る。この年に諸国を遊歴していた三寺三作《みでらさんさく》が熊本に立ち寄って小楠に出会い、彼の学説に触れたところから交流が始まったらしい。

村田が小楠に福井行きを打診したところ、小楠の感触は良かった。そこで村田は一度、福井に戻って当主の慶永にその旨を報告し、改めて肥後細川家に対して正式に小楠招聘《しょうへい》の許可を得ようとした。その村田が熊本滞在中に小楠から渡されたのが左の詩である。

（読み下し文、現代語訳はともに筆者）

人君何天職　人君何ぞ天職なるや
代天治百姓　天に代りて百姓を治む
自非天徳人　天徳の人に非らざるよりは
何以愜天命　何を以てか天命に愜《かなわ》ん
所以堯巽舜　堯《ぎょう》の舜《しゅん》を巽《えら》ぶ所以《ゆえん》
是真為大聖　是れを真の大聖となす
迂儒暗此理　迂儒《うじゅ》此の理に暗く
以之聖人病　之を以つて聖人病む
嗟乎血統論　嗟乎《ああ》血統を論ずる
是豈天理順　是れ豈に天理に順《したがうもの》ならんや

（現代語訳）

血統による、生まれながらの君主も天に代わって百姓を治めているのである。
もし徳を持っていないのであれば、天命に適《かな》っていないのである。
堯が舜を選んだ理由は、舜が真に大聖人であったからである。
頭の悪い儒者はこの道理に暗く、このような継嗣をした堯を常軌を逸しているという。
ああ血統を論ずる、これがなぜ天理にしたがうものなのであろうか。

この詩は、血統による世襲君主制を批判したものである。これを最初に見た時は、さすがに村田も驚いたであろうが、こんな小楠だからこそ福井に招聘《しょうへい》する価値があるのだと改めて思ったのではないだろうか。このような小楠の血統世襲君主制への批判が、ちょうど紛糾《ふんきゅう》していた将軍継嗣問題にも活用され、「英明・人望・年長」といった一橋派のスローガンも生まれたのだと思う。特に橋本左内などは、この小楠の影響を強く受けて、立派な志士に成長していったのだといえよう。

しかし小楠の招聘《しょうへい》は、肥後細川家において小楠の評判が悪かったことから難航した。だが、慶永は肥後細川家当主の細川斉護《なりもり》の娘婿だったこともあり、最終的には慶永から斉護への二度の手紙で決着し、晴れて小楠は翌安政五年の四月に福井に到着した。

第三章　将軍継嗣

1

安政五年一月末、江戸、島津家屋敷。西郷吉之助を中心とする若手家臣のグループが集まって談合していた。昨年の五月以降、吉之助は主君の斉彬と共に鹿児島にいたが、老中の阿部正弘が死去したこともあって、江戸の一橋派の劣勢を憂慮した斉彬は、孤軍奮闘する福井の松平慶永を補佐するよう吉之助を江戸に派遣していたのだった。吉之助は安政四年の十二月より江戸にいた。

この頃、吉之助は斉彬から二通の手紙を受け取っている。

一通は昨年末、安政四年十二月二十五日付の幕府への建白書《けんぱくしょ》の写しである。この建白書の主旨は右の三点であった。

(一) 通商条約の調印は許可して良い。

(二) 外国人が訪れるようになると、人心の統一が必要である。そのためには将軍継嗣《けいし》の決定が第一に必要であり、継嗣には英明・人望・年長のそろった一橋慶喜が適当である。

(三) 諸大名の奢侈《しゃし》を一洗《いっせん》し、武備を十分に行う手当をするように命じる。

この中で特に波紋を巻き起こしたのが（二）の慶喜擁立論だった。とりわけこのような将軍継嗣論が外様大名から提出されたことが、大きな物議《ぶつぎ》をかもしたのであった。

もう一通は当月、一月六日付の近衛忠熙《このえただひろ》と三条実万《さねつむ》に出した手紙の写しで、両者に将軍継嗣を慶喜にするとの内勅降下を依頼したものであった。

これら二通の手紙を受け取った吉之助の喜びは大きかった。なぜなら前者は、将軍継嗣を「慶喜」と明言したことで、「篤姫が生む子を将軍世子にするのでは」との噂を打消したからである。また後者は、斉彬に無断で、左内と相談しただけで内勅降下を大奥まで願ったことが、斉彬も同じ考えであったことが分かり、お墨付きを貰《もら》ったも同然となったからである。

「しかし吉之助さぁ、殿（斉彬）よりお許しのお手紙が来て良かったでごわすなぁ」

「俊斎、時間がなかったのでごわす。じゃって、おいはてっきり殿よりお叱りを受けるものと覚悟しておいもした。そんおいの独走を許して頂き、同時にそん御陰で、薩摩の内外で燻《くすぶ》っている、大奥工作が身分を越えた行為であるとの非難もかわすことができ、おいはほんのこて感激しもした。おいはそん御手紙を拝見していて不覚にも涙が出てきもした。じゃって、服を改めて薩摩がある西のほうに向かって遥拝《ようはい》しもした」

「そいにしても、そん昨年末の御手紙に書かれた継嗣の条件である英明・人望・年長とは、殿も思い切った御建白《ごけんぱく》をされたもんじゃ。そもそも外様大名が将軍家の継嗣に意見するのも畏《おそ》れ多かことじゃ。しかも血筋ではなく器量で継嗣を決めようなど、そげな大それた御建白をしたのは御公儀始まって以来初めてじゃごわはんか」

有馬新七は感慨深げであった。有馬は吉之助より二歳年上で、文武に秀でた尊攘派の志士であったが、文久二年の寺田屋事件の際に同じ島津家家臣によって粛清《しゅくせい》された。

「御公儀にそのような御建白をなされた以上、ことは将軍継嗣だけでは済むまい。殿ご自身の継嗣にまで影響しもすぞ」

堀仲左衛門、後の伊地知貞馨《いじちさだか》である。掘は吉之助より一歳年上だったが、当時は吉之助の補佐的な立場であり、吉之助と共に将軍継嗣問題に奔走《ほんそう》していた。

「そいは、具体的にどげなことでごわすか？」

吉之助が不思議そうに尋ねた。

その吉之助の質問に、我が意を得たとばかりに有村俊斎が答えた。

「つまり殿の若君が御阿呆《あほう》だった場合、お世継ぎにできなくなるということでごわんそ」

「俊斎、こん馬鹿モンが。三百諸侯随一の名君であられる殿の若君が、御阿呆な訳なかろうが」

血相を変えて伊地知竜右衛門が俊斎の頭を叩いた。

「痛てて。あくまで例えとして言っただけでごわんそが」

「じゃっどん、いずれにせよ、こん件に関しての殿のご決意は並々ならんもんが有いもす。

皆もどうか気張《きば》いやったもんせ」

吉之助の言葉に一同が頷《うなず》いた。

「とこいで堀どん。つい先日福井の橋本左内さぁより手紙が来もしてな。何やら国元に帰って来月下旬まで戻って来ないそうでごわす。じゃっで、そん間は中根雪江様が橋本さぁの代わりを勤めて下さるそうでごわす」

「分かりもした」

実はこの時、左内は国元(福井)ではなく京都に、条約締結と将軍継嗣の勅許を得るための周旋《しゅうせん》をしに行ったのであるが、左内は吉之助には「上洛」を秘密にしていた。この辺り、幾ら同志とはいえ国が違えば主君も国益も異なってくるので、ある種の冷厳さを感じさせるものがある。

日米修好通商条約の締結交渉は最終盤にきており、ほぼその内容は固まってきていた。しかし、ここにきて条約締結の前に朝廷より勅許を得ることに決まり、その奏請のために老中首座の堀田備中守正睦《まさよし》と勘定奉行の川路聖謨《としあきら》、目付・海防掛で条約交渉委員であった岩瀬忠震の三人が上洛することになった。従って左内の上洛は、この堀田一行の条約勅許奏請を側面から支援することが第一の目的であり、当初将軍継嗣は第一の目的ではなかったのである。

二月末。江戸の島津家屋敷。将軍徳川家定の御台所である篤姫付きの老女《ろうじょ》・幾島からの密書を前にして、吉之助は屋敷付き老女・小《お》の島と相対《あいたい》していた。

「まだ御台様《みだいさま》（篤姫）は将軍様に、ご継嗣の件を話してはおられないのでごわすか」

「はい。御台様におかれましては、お若い上に、大奥に入られてまだ日も浅いため、何かにつけて将軍ご生母の本寿院様や他の老女たちに阻《はば》まれ、思うように将軍様とお二人だけのお時間をお持ちになれないようでございます」

「じゃっどん、日が浅いとゆうても、御台様のお輿入《こしい》れは一昨年の末でごわした。じゃって、もう一年以上経《た》っておいもす。そろそろ本腰を入れて頂かんと手遅れになないもす」

篤姫輿入れの時に苦労した想い出が、ふと吉之助の脳裏を過《よぎ》った。一昨年（安政三年）十二月の篤姫の輿入れの際、吉之助は輿入れの準備に奔走したのだ。

「それは、私共はもちろん、御台様も重々ご承知とは存じますが。ただ、その幾島様からのお手紙にもございます通り、継嗣問題についての昨年末のお殿様（斉彬）からの例のご建白書が、将軍様をはじめ本寿院様や大奥の老女たちをいたく刺激なされたそうにございます。その状況も、やはり御台様をお苦しめなされていると存じます」

（無理もなか）

この時、篤姫は二十四歳だった。斉彬は、次期将軍を一橋慶喜にするよう夫の将軍家定を説得することを、若い篤姫に命じていた。従って斉彬と篤姫とは頻繁に連絡を取り合う必要があり、二人の連絡を中継するのが、吉之助と小の島と幾島の役目だったのである。

しかし、その篤姫の前に立ちはだかったのが大奥であった。元々大奥は一橋慶喜の実父である水戸斉昭《なりあき》を嫌い、次期将軍には紀州の徳川慶福を望んでいたので、篤姫の計画を陰に陽に邪魔したのである。

もちろん、この任務がかなり困難であることは斉彬も篤姫に命じる前から分かっていた。分かっていながら、少しでも一橋派に有利になればと敢《あ》えて命じたのである。役目上、吉之助はその事情を熟知していたので、ふと篤姫の境遇《きょうぐう》が憐《あわ》れに思えてきたのである。

目の前の小の島の表情には苦悩の色が有々と浮かんでいた。一般に「老女」といっても、それはあくまで職名であって、必ずしも年を取っている訳ではない。たぶん小の島は自分と同じくらいの年だろうと吉之助は思っていた。その小の島が、この数カ月の間に十歳くらい老けたように吉之助には感じられた。恐らく篤姫や幾島も、同じような表情をしていることだろう。

(仕方なか)

「そうごわすか、分かいもした。小の島様、また何か変化や情報がございもしたら何なりと教えったもんせ」

吉之助は深々と頭を下げたが、下げつつも、

(これ以上待てもはん。もう大奥工作は諦《あきら》め、朝廷からの内勅降下に的《まと》を絞ったほうがよか)

と心中で意を決していた。

五月、江戸の越前松平家屋敷。吉之助は病気のため療養《りょうよう》していた橋本左内を見舞っていた。

条約勅許の奏請に上京していた堀田一行は既に江戸に帰ってきていた。その条約勅許は残念ながら得られなかったのであるが、代わりに「将軍継嗣は年長の人にせよ」との勅諚《ちょくじょう》は得ることができた。ただし、その勅諚にしても、当初は「英明・人望・年長」の三条件が明記されるはずであったが、徳川慶福を推す紀州派である九条関白の独断で、この三条件は削除されてしまっていた。それでも、勅諚の内容を口頭で堀田に伝えた武家伝奏によって、帝の意志はあくまで「年長の人」にあることを知った堀田は、「年長の人」と明記された張紙《はりがみ》を付けてもらうことにしたのであった。従って、張紙などはその気になればすぐに剥《は》がせるので、実にお粗末な勅諚だったのだが、それでも堀田一行をはじめ左内や吉之助らも、皆一橋派の勝利と考えていたのである。

ところが、先月の二十三日に井伊直弼が大老に就任したことにより、俄《にわ》かに一橋派の前途に暗雲が立ちこめ始めていたのである。

寝室に案内されると、布団の中に左内が力なく横たわっていた。

「お体の具合はどげんな、橋本さぁ」

「ご心配をお掛けしてすみません。たいした事はありません。生来《せいらい》それがしは体が丈夫ではないのですが、この大事な時にこんな醜態《しゅうたい》をさらし、全くお恥ずかしい限りです」

と答え、左内は寝ていた布団から起き上がろうとした。

「いやいや、どうかそんまま布団の中で寝ていやったもんせ」

「すみません。西郷さんのお顔を見たら、急に薩摩守様や我が主君のお顔が浮かんで参りましたので、つい」

「ははは、無理してはいけもはん。今はゆっくり養生しやったもんせ。じゃっどん、ほんのこて橋本さぁは生真面目《きまじめ》でごわすなぁ」

「つい、気ばっかり焦《あせ》ってしまいまして。と言いますのも、井伊が大老になったことにより、将軍家のご継嗣が紀州様になりはせぬかと、気が気でなりません」

「確かに状況は悪化していもす。じゃっどん朝廷のご意志が一橋様にあられる以上、幾ら井伊が気張《きば》ってみても、決して朝廷をないがしろにはできんと思いもすが」

「だといいのですが。しかしながら、ご継嗣はあくまで将軍家の私事です。従って、やはり最終決定権は将軍様と大奥辺りが握っているものと思います」

「そいなら、今一度おいのほうからも小の島を通じて、御台様にお願いしてみもんそ」

「ありがとうございます。どうしても一橋様にご継嗣になって頂かないと、私の計画が崩れてしまうのです」

「計画？」

「ご継嗣であられる一橋様の下で、水戸のご老公や薩摩守様、我が主君越前守が国内事務宰相に就任し、また鍋島《なべしま》肥前守様が外国事務宰相に就任します。川路様・永井様・岩瀬様らが彼《か》の方々の補佐となり、そのほか天下有名達識《たっしき》の士を、御儒者《じゅしゃ》という名称で、陪臣《ばいしん》・処士《しょし》にかかわらず選挙して選びます」

「陪臣・処士、選挙？」

「入れ札です。大名の家臣でも浪士でも、能力とやる気さえあれば国の政《まつりごと》に参加できるのです」

「そいは、素晴らしかことですなぁ」

「西洋の国々で行われている政《まつりごと》を参考にしました。彼《か》の者らは入れ札によって賢明才学の者を選び、その選ばれた者たちが政を行っているといいます。その基本は、本来人間には身分の上下はなく、皆等しいということです」

安政二、三年頃に左内によって書かれた「西洋事情書」（『日本思想大系５５』岩波書店）には「選挙」という言葉も使われ、左内がかなり西洋についての知識を有していたことが分かる。

「いやぁ難《むずか》しゅうて、おいにはよう分かりもはん。じゃっどん橋本さぁ、こげな難しか事ばっかい考えちょったら、いつまで経《た》っても病気は治りもはんよ。ははは」

数日後、吉之助は再び左内の住む屋敷を訪れた。斉彬に現状を報告し、改めて指示を仰《あお》ぐために一旦薩摩に帰ることにしたので、左内に帰国の挨拶《あいさつ》をしに来たのである。

「橋本さぁ。おいはこいから薩摩に戻り、殿に会《お》うてきもす。こんままでは、状況は悪くなる一方でごわす。何とか打開策《だかいさく》を探ってきもす」

「そうですか。では恐れ入りますが、我が主君から薩摩守様へ宛てた御手紙を持っていって頂きたいのですが」

左内はまじまじと吉之助の顔を見つめた。

（この目は、何かを決心した目だ。西郷さん、ついに立ち上がるお積《つも》りか？）

「分かりもした」

この日、吉之助は慶永から労《ねぎら》いの意を込めた物品を賜《たまわ》った。

翌日、吉之助は慶永から斉彬へ宛てた手紙を携《たずさ》え、薩摩へと旅立っていった。

2

江戸で吉之助が橋本左内と会っていたのと同じ頃、鹿児島では吉之助の主君である島津斉彬と勝麟太郎が相対していた。

麟太郎は、安政二年の秋より長崎海軍伝習所で艦長候補として勤務していた。その伝習所で学んだ航海術の実地訓練として咸臨《かんりん》丸に乗って遠洋航海を行《おこな》っていた際に、麟太郎の発案で急遽《きゅうきょ》鹿児島行きが決まったのである。第一回目の鹿児島訪問は安政五年三月だったが、その二カ月後の五月に第二回目の訪問が実現したのだった。

この第二回目の五月訪問時の咸臨丸は、実は琉球に行って彼《か》の地の情勢を探ってくるよう幕府からの密命を帯びていたという。そのためか今回は目付の木村喜毅《よしたけ》も同行していた。しかし、斉彬は敏感にその密命を察知していたのである。

島津家の別邸がある磯《いそ》（地名）の茶屋で、勝たち一行をもてなす宴会が催《もよお》された。その時の様子を、勝らに同行していたオランダ人教官のカッテンディーケは、著書『長崎海軍伝習所の日々』（平凡社）において次のように記している。（筆者が適宜《てきぎ》、ふりがなを振った）

二個の天幕を庭に張って、その下に食卓が設《もう》けられた。一つの食卓に、藩侯と一緒に我々と海軍伝習所長および艦長役勝麟太郎氏が着き、他の食卓に残りの日本仕官が着いた。我々がこの屋敷に入った刹那《せつな》、その余りの風流と手入れの行き届いているのに我と我が目を疑った。庭草は綺麗《きれい》に刈りとられ、歩道には小石が敷かれてある。四方に美しい花が咲き乱れ、流れに通ずる自然の滝や噴水が拵《こしら》えてある。

恐らく麟太郎にとっても、それまでの人生において最も晴やかな舞台だったのではないか。何しろ、あの斉彬と同じ食卓に着き、食事を共にしたのである。感無量だったであろう。さぞ、うまい酒を飲んだことと思う。

そんな麟太郎が酔いを冷まそうと茶屋の庭先で休んでいると、そこへ人知れず斉彬が近づいてきた。

「あっ。これは薩摩守様」

「苦しゅうない。そのまま、楽にされよ」

「この度は盛大なる歓迎の宴《うたげ》を開いて頂き、恐悦至極《きょうえつしごく》に存じます」

「何の。前回は思ったようなもてなしができなかった故《ゆえ》、儂《わし》も残念であった。それが今回、貴殿をはじめ皆が楽しんでくれたのであれば、儂も嬉《うれ》しい限りだ」

「有難き幸せに存じます」

するとと、斉彬は辺りを気にしながら、少し声を小さくして麟太郎に囁《ささや》いた。

「どうも貴殿は、目付の木村殿があまり好きではないようだのう」

「いえ、決してそのようなことは」

「いや、警戒せんでもよい。そのほうが都合がいいのだ」

「はあ」

「貴殿らはこの後、琉球に行かれるご予定であろう」

「え？　あ、はい。ここまで来た航海のついでに、是非、渡航したいと考えております」

珍しく麟太郎はしどろもどろになった。他のどんな偉い人に会っても麟太郎はさほど緊張しなかったが、斉彬に対してだけは、会うといつも変に緊張してしまうのだった。全てを察知され、絶対にこの人の目を欺《あざむ》くことはできないのではないか、といった斉彬への畏怖《いふ》の念が、麟太郎の心のどこかにあったせいかもしれない。逆に幕府のお偉方《えらがた》に対しては、麟太郎は平伏しながらも、秘かに心の中で小馬鹿にしていた。

「さようか。実は、この事はどうか他言無用に願いたいのだが、その琉球行きを止めてはくれまいか」

「は？」

麟太郎はあいまいな返事しかできなかった。

「詳しい話はここではできぬが、今、琉球には異人が来ており、又こちらからも家臣を派遣していて、色々と貿易などを談判している最中《さいちゅう》なのだ。そこに、幕府の目付などを連れて行かれては困るのだ。今回は思い止《とど》まってはくれまいか」

「はあ」

「我が願いを叶えてくれたら、この先貴殿のことも悪いようにはせぬ。……宜しく頼む」

麟太郎は返事をせず、きっと斉彬の目を見据《みす》えて小さく頷《うなず》いた。二人の間に黙契《もっけい》が交わされた瞬間だった。すると、斉彬は安心したかのように爽《さわ》やかな笑顔になった。

「貴殿の目は、西郷という儂《わし》の家来の目に似ておる」

「西郷、ですか？」

「西郷吉之助といってな、今江戸で働いておる。この者は正義感が強く、まっすぐで頑固だが、一度納得させれば、任務を果たすために鋼《はがね》のような意志の強さを発揮する。そう思わせるような目をしているのだ。そうだ、貴殿と気性も似ているかもしれぬ。だから同じような目の輝きをしているのかもしれぬな」

「はあ」

「いつか都合のいい時に紹介しよう。この者は儂の腹心故《ゆえ》、何事も隠さずに話してよい」

「はい」

（やべえ。幕臣でありながら、外様大名の間諜《かんちょう》みてえになっちまった。こうなりゃ、なるようになれだ）

麟太郎は腹を括《くく》った。

この時、斉彬が琉球に派遣していたのは家臣の市来《いちき》四郎であった。市来は来琉《らいりゅう》していたフランス人との間で、蒸気船の購入や台湾での貿易拠点作り、中国福州の琉球館の拡張、英仏への薩摩人留学生の派遣などを協議・交渉していたのである。

3

翌六月、鹿児島。江戸より帰国した吉之助は、自邸に戻る前に斉彬の元に直行した。その時、斉彬は磯《いそ》の島津家別邸にいた。吉之助は急いで庭先に回って平伏した。吉之助の背後には、雄大な桜島が噴煙《ふんえん》を吐いていた。

「吉之助、予想外に早い帰国だのう」

「殿に無断で帰国しもしたこと、何卒《なにとぞ》お許し頂けますようお願い仕《つかまつ》りもす」

「よい。して、江戸の状況はどうだ？」

「はっ。先月の二十三日付で井伊が大老となり、我々一橋派は非常な劣勢に立たされておいもす」

吉之助は俯《うつむ》いて黙ってしまった。

「いかがした？」

斉彬は微笑して訊《き》いた。

「おいの力が及ばなかったばっかいに、殿、……申し訳ございもはん」

吉之助は大きな体を震《ふる》わせて泣き始めた。今まで抑えていた感情が一気に噴き出してきた。これまでの江戸や京での活動が走馬灯《そうまとう》のように頭を過《よぎ》った。

「吉之助、儂《わし》はまだ諦《あきら》めてはおらんぞ。今日の劣勢は、昨年阿部殿が亡くなった時から、儂はある程度予想しておった。阿部殿の代わりは、やはり越前殿には重荷だったのであろうのう」

斉彬は、眼前の桜島に目を移した。

「殿、井伊のような男にこん国の舵《かじ》取りを任せて、ほんのこて良かと思いもすか？」

「井伊は、『天下の治平は将軍家の御威徳《ごいとく》によるもので賢愚《けんぐ》によるのではない、血統の近い方を主人とすべきだ』という血統論を振りかざしているような男だ。かような男に、この国の舵取りを任せる訳にはいかぬ。かような『御威徳』など、この日《ひ》の本《もと》の国の中だけの話であり、異人どもには通用せぬ。だから我らは一橋様をご継嗣にしようとしているのではないか。将軍様と幼い紀州様とでは、この二人を見た異人どもは、恐るるに足らずとばかりに、この日の本の国に攻め入って来るやもしれぬ。その辺りが井伊どもには分からんのだ。結局、この日本国よりも幕府と我が身のほうが大事なのであろうな」

「では、一刻の猶予《ゆうよ》もならんと思いもす」

「どうせよと申すのだ。思うところあらば申してみよ」

「仰せのように、異人どもが攻めてくるやもしれもはんが、おいはやはり国内での井伊の暴政を恐れもす。今回のご継嗣にしましても、朝廷は一橋様を望んでおられましたのに、井伊はそれを無視しもした。帝《みかど》を蔑《ないがし》ろにするにもほどがあいもす」

「それで？」

「内憂外患とは正にこの事でごわす。よって不足の事態に備え、我らは朝廷の守護に立ち上がるべきではごわはんか」

「勝手に決起しては、世間はただの謀反《むほん》だと思うのではないか？」

「じゃって、事前に朝廷より禁裏《きんり》守護の内勅を頂くのでごわす。こいが大義名分になると思いもす」

「うむ。されど禁裏守護だけでは、井伊の暴政自体はなくなるまい」

「そいでは、幕政改革の内勅も頂いたらようごわす。井伊ら因循《いんじゅん》姑息《こそく》な幕閣どもを追放し、現在のような譜代大名だけでなく、殿をはじめ水戸のご老公や福井様、宇和島様、土佐様ら、御三家、御家門や外様などの諸大名も幕政に参画《さんかく》できる仕組みを作るのでごわす」

「うむ、あい分かった。儂もそのように考えておったところだ。ならば帰国早々すまぬが、そなたに再び上京して働いてもらわねばならぬ。大儀《たいぎ》であった。もう退《さが》って休むがよい」

　数日後、吉之助は再び斉彬に召《め》し出され、正式に上京するよう命じられた。

「吉之助。此度《こたび》の其方《そのほう》のなすべきこと、分かっておろうな。儂が近衛様や日頃から懇意《こんい》にしている諸大名に宛てた手紙を届け、そなたが細部を説明せよ。そうして世間を味方にしつつ内勅降下を促進し、加えて京に我が軍が駐屯できる場所を確保するのだ。よいな」

「はっ。拙者の一命に代えましても、必ずご期待に添うよう、精進《しょうじん》致しもす」

「よもや間違いはなかろうが、あくまでも備えのための率兵《そっぺい》だ。間違っても過激分子による暴発に合わぬよう、暮々も用心せよ。よいな」

「はっ」

「うむ。あと、其方に近いうちに幕臣の勝麟太郎という者を紹介する。この者は蘭学、特に西洋兵学に精通しており、今は長崎の海軍伝習所におる。この鹿児島にも二度ほど蘭人どもを連れてやって来てな、中々面白い男だ。儂はこの男に、数年前より長崎からオランダに注文しているのに入手が滞《とどこお》っている五百挺の銃の斡旋《あっせん》を頼んでおる。軍を率いる以上、そなたにもこの男を知っておいて欲しいのだ」

「はっ。承知仕《つかまつ》りましてございもす」

「では吉之助、息災《そくさい》でな。京で会おうぞ」

「はっ。京でお待ち申し上げておいもす」

しかし、これがこの主従の永遠の別れとなってしまった。

4

七月。大坂に着いた吉之助はすぐさま島津家屋敷に行き、留守居《るすい》役であった旧友の吉井幸輔に会った。吉井は吉之助の顔を見るやいなや、空いている応接間に吉之助を引っ張り込んで、声をひそめて耳打ちした。

「吉之助さぁ、今、江戸は、えらいことになっていもす」

「どげんした？」

「六月一日付で、将軍家ご継嗣が紀州様に決まりもした」

「そうか」

吉之助の表情がにわかに強張《こわば》った。

「そいだけではなか。六月十九日に、とうとう幕府はアメリカ使節のハリスとの間で、通商条約を結んでしまいもした。もちろん、無勅許でごわす」

「何ちな？　そいは本当でごわすか？」

「本当じゃや。何でも支那《しな》とエゲレス、フランスとの間の戦争が終わり、支那が負けたそうでごわす。そいで、勢いに乗ったエゲレスとフランスが我が国に攻めてくるとの情報をハリスから知らされ、今のうちにアメリカとの間で条約を結んでおいたほうが良かとハリスに説得されて、結んでしまったそうでごわす」

「じゃっどん、そいでは攘夷派の大名や志士たちが収《おさ》まらんのではごわはんか？」

「そん通いでごわす。既に江戸は大荒れのようでごわす」

「なんちゅうこつ。ここはやはり、一日も早く殿にお出で頂かなくてはないもはん」

清国と英仏との間の戦争とはアロー戦争であり、この戦争の結果、清国は各国との間で天津条約を結んだ。ハリスはこの一件をもとに幕府を急《せ》かし、通商条約の締結に漕《こ》ぎつけたのであった。

その頃吉之助と吉井は、京で島津家家臣が定宿にしている鍵屋に滞在していた。そこに、二人の旧友である伊地知《いじち》竜右衛門が江戸より上京して合流していたが、そんな吉之助らの元に、七月二十七日に一通の書状が島津家屋敷より届いた。何気なく吉之助が読み始めると、みるみるうちに吉之助の顔から血の気が引いていくのが分かった。斉彬の突然の死を知らせる書状であった。

「殿、殿……」

「吉之助さぁ」

吉之助はもちろん、側にいた吉井や伊地知も放心状態になった。皆、どうしていいか分からなかった。

しばらくして我に返った吉之助は、速《すみ》やかに斉彬の計画を中止しなければならないと思い、まず近衛家に行って主君の死を伝えようと思い付いた。すると近衛家でも、当主の忠熙《ただひろ》と、近衛家に出入りしていた清水寺成就院の住職であった月照の二人は、驚きのあまり茫然自失《ぼうぜんじしつ》の状態になってしまった。

吉之助は用件を手短《てみじか》に伝えると、そそくさと近衛邸を後にした。余計な事は一言も話したくなかった。早く鹿児島に帰りたかった。

その夜、月照が鍵屋の吉之助の部屋を訪ねてきた。

「今日のあんさんの様子が変やったさかい、やって来ましたんや」

「はぁ」

「あんさんは鹿児島に帰って、薩摩はん（斉彬）の後を追って死ぬお積《つも》りどすな？」

「はい。そいが臣下の務めであり、忠義の道だと思っておいもす」

「そうどすか。それもええでっしゃろ。けんども、死ぬことはいつやてできますよ」

「……」

「もし、あんさんが死なはったとして、果してあの世の薩摩はんが喜ぶとお思いですか？」

「そいは」

「わては、あの世であんさんに会ったら、薩摩はんきっと悲しむと思いますよ。何しに来はったんやと」

　吉之助はうな垂《だ》れて俯《うつむ》きながら、黙って月照の言葉を聞いていた。

「それよりも生き長らえて、薩摩はんのご遺志を継ぐことこそ本当の忠義やおまへんか？」

「う、うう」

　吉之助の目から大粒の涙がこぼれ出した。

「月照様、分かいもした。おいが間違っていもした。早速仲間《なかま》と今後の対策を検討しもす」

　斉彬は七月九日の夜から悪寒《おかん》下痢、翌十日から高熱を発症し、それらの症状が続いた末、十六日早朝に死亡した。死因は赤痢《せきり》やコレラだといわれているが、毒殺説も存在する。

　ところで島津斉彬の人生は、「老害」に悩まされた一生だったと筆者は思う。その斉彬を終生悩ませた老人として、筆者は二人の人物を挙げてみたい。

　まず一人は、父であり前当主であった島津斉興《なりおき》である。斉興は斉彬が死んだ翌年の安政六年九月十二日に亡くなっている。享年六十九歳だったので、特に長寿だった訳ではないが、もしこの斉興がもう少し早く死んでいたら、斉彬の人生も大きく変わっていたかもしれない。

例えば、仮に斉興が斉彬より早く死んでいたら、斉彬によって斉興の側室お由羅は早々に追放か幽閉されたであろう。また久光派の重臣たちも当然左遷されたと思う。なぜなら、斉彬襲封時に久光派の重臣たちが当時の職に留まっていられたのは、斉彬が父である斉興に遠慮したからである。また久光個人も、主席家老の座から降ろして重富島津家にでも戻し、再び臣下として遇《ぐう》したかもしれない。つまり薩摩の政《まつりごと》から久光派が一掃され、斉彬派によってよりまとまったのではないかと思うのである。

従って、もし斉彬が毒殺されたのが史実であれば、この想定だと当然斉彬は殺されずに済《す》むことになる。あるいは斉彬の病死が史実だったとしても、久光の子の忠義が継ぐのではなく、斉彬の嫡子の哲丸は斉彬の死亡時にはまだ二歳だったため、幼過ぎるので無理だったとしても、遠縁にあたる全く別の男子を繋《つな》ぎとして当主にした可能性があったと思うのである。

否そもそも、もっと早くに薩摩の政《まつりごと》が斉彬派でまとまっていたら、斉彬の子供たちがこんなに多く早世《そうせい》することも無かったかもしれない。病は気からというが、幼い子供であれば尚更《なおさら》、自分は呪詛《じゅそ》されているという自己暗示によって、自ら寿命を縮めてしまった可能性があると思うからである。たとえ「呪詛」が何なのか理解できないくらい幼かったとしても、周囲の大人たちの心配そうな表情に日々接していれば、恐らく得体の知れない不安に駆《か》られたことと思う。もし久光派が早期に壊滅していれば、当然呪詛の噂など立たなかったであろう。

もう一人は、水戸徳川家前当主の徳川斉昭《なりあき》である。斉昭は万延元年の八月十五日に亡くなっている。彼も享年六十一歳だったので特に長寿ではないが、やはり彼ももっと早く死んでいたら、斉彬の人生は大きく変わっていたかもしれないと思う。

例えば、将軍継嗣問題はすんなりと一橋慶喜に決まった可能性が高い。なぜなら、斉昭が特に大奥に不人気だった事が災いして、継嗣が紀州の慶福（家茂）に決まったといわれているからである。故海音寺潮五郎氏の『西郷隆盛』によれば、これについては斉彬自身も、「水戸の隠居《いんきょ》という人がおられなんだら、この問題はこんなにめんどうになりはしないのだが」と嘆声《たんせい》を発したという。

また慶喜に決まっていれば、井伊直弼が大老になることもなかったと思われるので、当然安政の大獄も起こっていなかったであろう。

すると岩瀬忠震《ただなり》や橋本左内、吉田松陰らが後の時代に活躍することになり、単に斉彬の人生だけでなく、日本の歴史自体が大きく変わっていた可能性がある。歴史に「もし」は禁物というが、時にはこんな事を考えるのも一興《いっきょう》ではないだろうか。

5

八月、江戸。吉之助は、水戸と尾張の両家に向けた内勅を、両家が拝受《はいじゅ》できるか否かの確認をするための密書を携《たずさ》えて江戸に来ていた。しかし両家とも混乱していて、とても拝受できる状態にないと判断し、吉之助は仕方なく密書を、月照を通じて朝廷に返すことにした。そうして自身も京に戻ることになったので、吉之助は橋本左内に別れの挨拶をしに越前松平家の屋敷を訪れた。久々に見る左内の顔には、以前のような聡明さに溢《あふ》れた輝きは見られず、まだ二十代半ばだというのに、かなり老けてやつれたように見えた。

「橋本さぁ、だいぶお疲れのようでごわすなぁ」

「はい。通商条約も無勅許のままですし、将軍家ご継嗣も紀州様に決まり、改めて自分の不甲斐《ふがい》なさに呆《あき》れております。加えて順聖院《じゅんしょういん》様（斉彬）がお亡くなりになられ、また井伊掃部頭《かもんのかみ》が大老になってしまったことで、従来より描いておりました私の幕政改革案も、ついに実現不可能になってしまいました。そのせいか、以前に比べて近頃は、何かをやろうとする気力が湧《わ》いてこないのです」

「そんなにご自分を責めるものではございもはん。おいは亡き先君のご遺志を継ぐことにしもした。じゃっで、おいは絶対に諦《あきら》めもはんど。必ず巻き返しを図りもす」

「私も、久々に西郷さんにお会いして元気が出て参りました。確かに諦めてはいけませんね。我らも危急の場合に備えて、我らが主君春嶽を領国福井まで落ち延《の》びさせるべく、策を練《ね》っている最中《さいちゅう》でございます」

「そうでごわしたか。そいでは今後も是非協力して、幕政改革をご一緒に推進して頂きとうごわす」

「承知致しました。それでは西郷さんも道中暮々も気を付けて下さい」

二人はお互いに強く頷《うなず》きあった。しかし、これが二人の今生の別れになった。

十月、長崎海軍伝習所。その所長室で、目付の木村喜毅《よしたけ》と麟太郎が相対していた。木村家は、喜毅の父の喜彦《よしひさ》が浜御殿奉行を勤めたほどの高級旗本の家柄であった。だから喜毅は麟太郎より七歳年下であるにも関わらず所長であり、一方の麟太郎は艦長格であった。

この事が、そもそも麟太郎には気に入らなかった。

「勝さん、とうとう岩瀬さんが外国奉行から作事奉行に代えられたそうです」

「ほう、あの岩瀬さんが大工の棟梁《とうりょう》の真似事をやるんですかい」

「本当に井伊大老は何を考えておられるのでしょうか。これから横浜に港を建設して開港しようという時に、最も実務に長《た》けた岩瀬さんを異動させるとは」

「さあ。雲の上の人たちが考えることは、下々の者には分かりませんなあ」

「茶化《ちゃか》さないで、真面目《まじめ》に聞いて下さい」

「真面目に聞いてますよ」

「私が今の地位にいられるのも、ひとえに岩瀬さんの引き立てのお陰です。何とか、あの方のお力になりたいものです」

岩瀬忠震は、安政五年九月三日に五カ国めの修好通商条約をフランスとの間で結んだが、その二日後の五日に突如外国奉行から作事奉行へと異動になっていた。

（いい加減にしてくれ。何でこの忙しい時にこんな所で油を売らなきゃならんのだ。岩瀬さんも何でこんな昼行灯《ひるあんどん》を抜擢《ばってき》したんだか。大方《おおかた》、家柄の良さが成せる技に違えねえ）

そう思った麟太郎は話題を変えた。

「ところで木村さん、その岩瀬さんが結びなさった、日米修好通商条約の批准《ひじゅん》使節が乗るアメリカの軍艦とは別に、日本の軍艦もアメリカに渡航させる話があると聞いたんですが」

「おや、勝さんは耳が早いですな。批准使節用の軍艦とは別の軍艦も派遣するので、その乗組員の人選をせよという命令が、批准使節である水野さんと永井さんの元に老中方より届いたそうです」

「そうですか」

「本来は岩瀬さんご自身が、批准使節として渡航したいと仰《おお》せだったんですが」

「……」

「どうしました？　勝さんも行きたいのですか？」

「いや、まあ」

「日頃の勝さんにしては、どうも歯切れがよろしくないですね。もしアメリカに行きたいのであれば、乗組員の人員に加えてくれるよう、水野さんか永井さんにお願いしてみたらどうですか」

「そうですな」

（さすが育ちがいいだけあって、人がいいというか、懐《ふところ》が深いというか。この辺りを岩瀬さんも買われたのかもしれんな）

日米修好通商条約の批准使節は、当初は水野忠徳と永井尚志《なおゆき》の二人であった。それが最終的には、正使が外国奉行兼神奈川奉行の新見正興《しんみまさおき》、副使が外国奉行兼箱館奉行の村垣《むらがき》範正《のりまさ》、監察が目付の小栗忠順《おぐりただまさ》となったのであった。

十一月、鹿児島、錦江湾。幾ら南国の薩摩とはいえ、やはり十一月ともなれば寒い。寒風吹き荒《すさ》ぶ錦江湾は、波が高く大荒れだった。吉之助は月照や筑前黒田家家臣の平野国《くに》臣《おみ》と共に、一艘《そう》の小船に乗って湾内を漂《ただよ》っていた。

朝廷からの内勅を水戸と尾張が拝受できるか否か、吉之助が江戸に出府して確認している間に朝廷は見切り発車をして、両家へ向けた勅諚《ちょくじょう》——一般に「戊午《ぼご》の密勅」という——を発行してしまったのである。これに激怒した井伊大老は、密勅降下に関わった人々への弾圧を開始した。これが、いわゆる「安政の大獄」であるが、被害を受けた人々の多くは、かつて井伊大老の敵対勢力であった旧一橋派の人々であった。その弾圧は公家や大名、大名の家臣、民間の志士らにまで及び、日本全国を恐怖と混乱の真《ま》っ只中《ただなか》に陥《おとしい》れたのであった。

吉之助は自身も幕府による捕縛《ほばく》の対象であったが、同じくその対象であった月照を、京都の外へ逃がしてくれるよう近衛忠熙から頼まれた。そこで吉之助らは当初奈良を目指したが警戒が厳重だったために諦《あきら》め、鹿児島に向かうことにした。赤間関（下関）に着いたところで、吉之助が先行して鹿児島に帰って月照らを迎える準備をし、後から月照が平野らと共に鹿児島まで落ち延《の》びてきたのであった。

しかし、斉彬亡き後の薩摩は態度を一変させ、それまで朝廷や近衛家と薩摩との橋渡しに尽力してきた月照を、領内から追放して国境で斬り捨てるよう、暗に指示してきたのである。その指示通りにすることは、吉之助には到底できるはずがなかった。

「月照様、こげな寒い中、申し訳ございもはん。今しばらく我慢しやったもんせ」

「はい。拙僧の事なら心配いりまへん。京の清水も寒いさかい、慣れています」

月照には、難を避けるために薩摩より更に安全な日向に向かうと、吉之助は告《つ》げていた。それでも、本当はそうではないということを、既に月照は薄々感づいていた。

「西郷はん、拙僧《せっそう》のためにご迷惑を掛けて、ほんまにすんまへんなぁ」

「何を仰《おっしゃ》います、月照様」

「あの時、順聖院はん（斉彬）のご遺志を継いでおくれやすとゆうて、かえってあんさんに苦労をかけてしもうたんどすなぁ」

「何の。おいの力が足らんばっかいに、月照様をこげな遠かところにまでお連れしてしまいもした。ほんのこて、すんもはん」

「西郷はん、今あんさんを解放してあげますさかい」

すると月照はすっと立ち上がって船べりに向い、錦江湾に飛び込もうとした。

「月照様、おいもお供致しもす」

吉之助は月照の体に飛びかかり、月照を抱きかかえるようにして、そのまま二人とも海に転落した。

「月照様！　西郷さん！」

平野国臣が叫んだ。平野と月照の従者や船頭らがしばらく捜していると、抱き合ったままの吉之助と月照が波間に浮かんできた。そこで慌てて皆で二人を船に引き上げ、鹿児島に引き返して二人を介抱《かいほう》した。すると、吉之助は少しずつ息を吹き返してきたが、ついに月照は帰らぬ人となってしまったのだった。

生き返った吉之助の処遇《しょぐう》に困った薩摩の政庁は、幕府を憚《はばか》って吉之助を月照と共に死んだことにして、墓まで作ってしまった。また名前を菊池源吾と改めさせ、奄美大島に潜伏《せんぷく》させることにしたのである。

第四章　異文化体験

1

安政七年一月、江戸。いよいよ待望のアメリカへ向けて、麟太郎を乗せた咸臨丸が品川を出帆した。外洋に出る前に横浜と浦賀に停泊した。横浜ではブルック大尉とアメリカ人水夫ら十一名を乗組ませ、浦賀では水と食糧を調達した。特にブルック大尉らの乗組みには、使節が乗るポーハタン号との連絡や海上の案内に、彼らが必要だとの幕府の判断が働いたのだった。

麟太郎にとっては、このブルックらの乗組みは決して面白いことではなかった。是非この機会に、日本人だけで太平洋を横断したいとの思いがあったからである。また、長崎海軍伝習所以来の「くされ縁」である木村喜毅が「提督」という自分の上司として、再び身近にいることも頭痛の種だった。加えて、乗船前から麟太郎は熱病《ねつびょう》に罹《かか》っており、乗船中は船酔いにも苦しんでいた。もちろん熱病自体は数日で治ったであろうが、それでも往路《おうろ》のほとんどにおいて、このように麟太郎は肉体的にも精神的にも具合が悪く、自室に籠《こも》ってばかりいたのであった。

とりわけ、木村が提督のくせに操船《そうせん》についてはほとんど何も知らず、いちいち麟太郎に尋ねてくるのが堪《たま》らなかった。心の中で何度「この木偶《でく》の坊が！」と叫んだかしれなかった。しかも軍艦奉行である木村摂津守喜毅の禄高は二千石、一方この頃の勝の禄高は二百俵扶持《ふち》であり、また今回の航海の日当は木村が一カ月百両、従って一日三両余りであったのに対し、勝は一日一両一二六文であったという。これでは勝が腐るのも無理はなかった。

そんな勝を、従者として木村に同行していた福沢諭吉は、「ただ船に酔ったのではなく、不平不満のせいで自室に閉じこもっていた」とみていた。

それにしても咸臨丸の往路は苦難の連続であった。まず天候が非常に悪かった。往路のほとんどは雨か曇りで、時には暴風雨にも襲われた。

ある暴風雨の日、麟太郎もさすがに切れてしまい、

「ボートを降ろせ！、俺は今から日本へ帰る！」

と喚《わめ》き散らしてしまった。

すると船員たちが

「ここは既に太平洋のド真ん中です！　ボートで日本へ帰れる訳ないでしょう！」

と必死に麟太郎を引き止めた。

そんなさ中、福沢諭吉が心配して主人格の木村提督の船室へ行ってみると、大きく船が揺《ゆ》れる度《たび》に部屋中に無数のドル紙幣が散乱し、当の木村は床に這《は》いつくばり、立っていられないほどであった。

「木村さん、大丈夫ですか」

「これは福沢さん、お恥ずかしいところを」

と答えて立とうとした瞬間、木村は再び転倒してしまった。

福沢は木村の両肩を支え、心配そうに木村の顔を覗《のぞ》き込んだ。

「もう大丈夫です。ありがとう」

木村は息を切らしながら、福沢に礼を述べた。

「福沢さん、あなたは船にお強いですな」

この時、他の多くの日本人乗組員が船酔いに苦しんでいたが、福沢は普段と変わらず平然としていた。

「はあ。ところで、この大量のドル紙幣はどうなさったのですか？」

「これは、私の家、財産を全てドルに換《か》えて持ってきたものです」

この木村の答えに、一瞬、福沢は息をのんだ。

「では、ご帰国後、失礼ながら難儀《なんぎ》なされるのでは」

「福沢さん。元より生きて帰ることは考えていません。ご公儀《こうぎ》の面目が保たれ、この日《ひ》の本《もと》の国が益々繁栄するのであれば、たとえ私自身や木村家がどうなろうとも構《かま》いません。そのつもりで、家族とも訣《わか》れの盃《さかずき》を交わしてきました。父上をはじめ、皆快く私を送り出してくれました」

「木村さん」

福沢は言葉に詰まって木村の顔を見つめた。胸の奥から、何か熱いものが込み上げてきた。一生、この人を尊敬し続けようと心に誓った。

後に、この木村の言動を聞いた勝は思った。

（へー、滅私奉公《めっしぼうこう》かい。育ちがいいだけの能なしだと思っていたが、見上げた心意気だね）

2

咸臨丸は二月二十六日（旧暦）にアメリカ合衆国のサンフランシスコに到着した。後に麟太郎は初めて見たサンフランシスコの街を、「港内近郊に大樹は繁茂《はんも》しておらず、山勢は温和で峻烈《しゅんれつ》ではない。牧畜が盛んで、土地は乾いている」とし、「市街で平坦なのは港と海岸地域だけで、他の多くは山辺にあって傾斜している。その山辺にある石造りの人家はびっしりと密集している」と記している。

サンフランシスコに上陸した咸臨丸一行は、市長以下市民の熱烈な歓迎を受けた。福沢諭吉は『福翁自伝』に「サンフランシスコに上陸するやいなや、馬車をもって迎いに来て、とりあえず市中のホテルに休息というそのホテルには、市中の役人か何かは知りませぬが、市中の重立《おもだ》った人が雲霞《うんか》のごとく出かけて来た。さまざまの接待饗応《せったいきょうおう》」と、市長らの歓迎ぶりを記している。

　その数日間に及ぶ熱狂の後、咸臨丸はそれまでの激しい航海によって生じた損傷箇所《かしょ》を補修するために、サンフランシスコ湾内のメーア島にある海軍造船所のドックに収容されることになった。そこで木村提督や勝艦長以下の日本人乗組員たちもメーア島に移り、彼《か》の地に滞在することになった。サンフランシスコ市内からは、北方およそ四十キロの距離であった。

　メーア島に移った初日に、メーア島海軍造船所のカニンガム司令官が咸臨丸を訪れ、日本側からの修理依頼を正式に受諾《じゅだく》した。日米両国の懇親《こんしん》の意味を込めて、カニンガム司令官は木村提督や勝艦長ら士官と通訳の中浜万次郎（ジョン万次郎）を邸宅に招いてもてなした。一家総出で供応《きょうおう》する司令官に対し、木村以下日本人一行はまだ到着後日が浅いこともあって、以前に在米経験があった万次郎を除いて、皆一様に緊張していた。

　そんな中、忙しそうに給仕をする黒人たちが麟太郎の目に止まった。麟太郎は横にいた万次郎に尋《たず》ねた。

「万次郎さん、あの黒人たちは奴隷なのかい」

「そうだと思います」

「特に強制的に働かされているようには見えないけどねえ」

「表面的には、ただの使用人とほとんど変わりません。この辺りの地域は人種差別がさほど厳しくはありませんので」

「他の街はどうなんだい」

「ここサンフランシスコなどの西部や、かつて私が住んでいたマサチューセッツ州などの北部は、差別はさほど厳しくありません。ですがテキサスやルイジアナ、ミシシッピーなど南部の州では厳格なようです。このような地域だと、黒人たちはもっと哀れだそうです」

「何で自由《フリー》と平等《イコール》の国に、そんな奴隷なんているのかねえ」

「何でも南部の州では綿花の栽培が盛んで、その労働に奴隷が必要だということです。ですが今アメリカでは、奴隷制を廃止しようという世論が勢力を拡大してきているそうです。ここ数日の新聞に書いてありました」

「へえ、そうかい」

麟太郎はおどけてみせたが、顔は笑ってはいなかった。たった今万次郎から聞いたことが、頭の中でよく理解できていなかったのだ。建国してまだ百年も経っていない国なのに、アメリカはまだまだ奥が深い。この国をもっとよく知りたいと、心から麟太郎は思った。

そんな麟太郎をよそに、供宴《きょうえん》は粛々《しゅくしゅく》と進んでいった。

麟太郎たちが訪れた翌年の一八六一年より、奴隷制度の是非《ぜひ》を問う形で、アメリカは南北戦争に突入していった。

宴もたけなわになった頃、一人の従者が麟太郎に近づいて耳打ちした。

「昨日亡くなりました源之助ですが、本日無事に埋葬《まいそう》されたそうでございます」

「おう、そうかい。滞《とどこお》りなく済んだかい」

「はっ」

「それじゃ、すぐに墓石を買って、字を刻《きざ》むことにしよう。そう皆にも伝えといてくれ」

「はっ」

従者は素早く立ち去っていった。

ふと麟太郎の耳に、どこからともなく哀しげな旋律《せんりつ》が聞こえてきた。音が聞こえてきたほうを見ると、数人の若い女性が見たこともない楽器を演奏していた。

その瞬間、麟太郎の瞼《まぶた》に巧《たく》みに船を操る源之助の姿が浮かんできた。源之助は讃岐《さぬき》の塩飽《しわく》諸島の出身であり、戦国時代に活躍した水軍の末裔《まつえい》であった。元々塩飽諸島にはそういった水軍の末裔が多く、そのため源之助らは高度な操船術を持っており、それを見込んで麟太郎は長崎海軍伝習所以来、源之助らに目を掛けていたのである。

源之助は病気で死んだのだが、麟太郎にはそれがどうしても病死とは思えなかった。なぜなら水夫には寝るための個室もなく、濡《ぬ》れた服のまま、濡れた布団や床の上に直《じか》に寝るからである。そんな状態では誰でも病気になってしまうであろう。

ましてや、麟太郎も航海中は病気だったのである。もし麟太郎が死んだ源之助のような状態で寝ていたら、恐らく麟太郎も死んでいたであろう。逆に、源之助が麟太郎のように個室でベッドの上で寝ていたら、もしかしたら源之助は死なずにすんだのではないか。

それが水夫なのだと言ってしまえばそれまでだが、水夫はどんなに優秀でも、身分上決して麟太郎のような士官にはなれない。すると、水夫と自分のような士官とでは、そもそも命の値段が違っているのではないか。だから源之助は病死というより、そういった身分の格差によって死んだのではないか。

「源之助……」

そんなことを考えていると、いつの間にか麟太郎の目は涙で潤《うる》んでいた。

源之助が亡くなった一週間後、同じく塩飽出身の水夫である富蔵が、入院していたサンフランシスコの病院で息を引き取った。メーア島の麟太郎のもとに富蔵の死を知らせる連絡が、富蔵が入院している病院からあった。麟太郎は直ちにサンフランシスコの病院へ向かった。

病室は明るく清潔であった。暗くてじめじめした船内とは、比べものにならなかった。

麟太郎は、富蔵と同じ病室に入院していた木村提督の従者である長尾幸作に、死に際しての富蔵の様子を訊《き》いてみた。

「富蔵さんは、この病院の人たちが親切なのがとても嬉《うれ》しかったようです。日本ではこんなに親切にしてもらったことはないと、数日前の意識がはっきりしていた時に、そうこぼしていました」

「そうかい。お前さんもそう思うのかい」

「はい。新しい国だからでしょうか、ここアメリカの人々は正直で親切で、他人に対して温《あたた》かです。その点アジアの国々は古いからか、他人に対して薄情です。これは私だけではなく、ここに入院している他の者や、見舞いに来てくれた人たちなど、皆が賛同《さんどう》していることです」

「そうかい。確かに俺もアメリカ人をそう思う。だけど新しいや古いは、俺は関係ないと思うがねえ。やっぱり何か根本的なものが、この国と日本とでは違っているんだろうよ」

「はあ」

「日本も、そんな温かい国にしなくちゃいけねえよなぁ」

「はい！」

長尾は、元気よく答えた。円《つぶ》らな瞳が輝いていた。

麟太郎は、同じ病室に寝ている他の日本人入院者たちのほうを見て、叫《さけ》んだ。

「みんな聞いてくれ。この度の源之助や富蔵の死は戦場での討死に勝る功名だ。だが生きて日本に帰り、新しい国作りに参加するほうが遥《はる》かに大きな功名なんだ。だから、そいつを肝に銘《めい》じて、一日も早く治ってくれ。いいな」

このあと麟太郎は、汚れた蒲団《ふとん》で寝ているから病気になるのだとして、新しい毛布を船員たちに与えた上で、古い蒲団を廃棄させたという。

3

大助と半次郎はサンフランシスコのバーで飲んでいた。二人はメーア島からサンフランシスコの病院へ見舞いに来て、その帰りだった。源之助と富蔵は亡くなったが、それでも病院には長尾幸作をはじめ、まだ数人が入院していたのだ。二人は、せっかく田舎から都会に出てきたのだから、少しでも長く都会の雰囲気を満喫《まんきつ》しようとバーに入ったのだった。

大助は死んだ源之助や富蔵と同じ塩飽出身の水夫だった。一方の半次郎は賄方《まかないかた》だった。

「半次郎、入院している奴らの大半は、多分出航までには間に合わんぞ」

「ああ。だけど、そう思うと見舞いに行くのもちょっと気が重くなるな」

二人はバーボンの水割りを飲んでいた。鼻につくようなバーボンの強い香りも、二人のお気に入りだった。暗い表情の半次郎を慰《なぐさ》めようとしたのか、大助が頬《ほほ》を緩《ゆる》ませて、

「しかし、アメリカの病院は極楽《ごくらく》だな。病室は清潔な上に、飯も温かくてうまい。おまけにナースは親切で美人ときてる。正直、俺も入院したいくらいだぜ。入院してる奴らには悪いが、俺はナースを見たくて見舞いに来てるようなもんだな」

「呆《あき》れた奴だな」

「そんな事ないぜ。入院してる奴らだって、美人ナースに親切にしてもらって、中には鼻

の下を伸ばしてる奴もいるはずだ。そういうお前だって嫌いじゃないだろう」

大助は大声を張り上げた。女の事になると、大助はいつもこうだった。

「分かった分かった。頼むからこんな所で大声を出すなよ」

「じゃ、行くか」

「どこへ？」

「決まってるだろう。女郎屋だ」

「またか。仲間《なかま》が二人亡くなったんだから、少しは大人しくしていられないのか」

「それとこれとは関係ないぜ。さあ、行こう」

二人は会計を済ませてバーを出た。ちょうど夕暮れにさしかかった時刻で、店の女の子も出揃《でそろ》う頃だ。

「半次郎、ちょっと待ってくれ」

大助は辺りをキョロキョロと見回した。

「どうした？」

「ちょっと小便」

「気を付けろよ。アメリカ人は立ち小便にはうるさいからな」

半次郎の言葉もろくに聞かずに、大助は物陰に隠《かく》れて一物を取り出し、勢いよく放尿し始めた。

すると運悪く、そこに二人のアメリカ人中年女性が通りかかった。彼女たちは大助の立ち小便を見て驚き、大声を出した。大助も驚いたが、酔いのせいか、勢いよく出る小便は止められなかった。彼女たちは、何やら喚《わめ》きながら半次郎に詰《つ》め寄ってきた。早口の英語で何を言っているのか分からなかったが、立ち小便を非難しているらしいことは分かった。

(俺がした訳じゃないのに)

半次郎が対応に困って今にも泣きだしそうな顔をしていると、行為を終えて戻ってきた大助がすっきりした表情で半次郎に向かって喚《わめ》いた。

「うるせえ婆《ばば》あどもだな。そうだ半次郎、あの春本を見せて黙らせてやれ」

どうしていいか分からずパニック状態であった半次郎は、藁《わら》にもすがる思いで、袋の中から春本を一冊取り出し、いきなり女性たちに開いて見せた。それを見た彼女たちは、それが何なのか分からず、しばらくキョトンとして本を眺めていた。だが、それが春本であることに気付くと、再び大声を出して、本を持ったまま慌《あわ》てて逃げてしまった。大助と半次郎も、彼女たちの予想外の行動にしばし呆然《ぼうぜん》としていたが、次の瞬間二人とも大声で笑い出した。

春本とは、江戸時代に歌麿などの絵師が描《か》いた、主に性行為を描いた浮世絵集であり、当時日本では冊子になって出回っていたのである。

大助と半次郎は、日本から持って来ていた春本などの冊子を、入院患者たちのために数冊病院に届け、代わりに入院患者たちが読み終わった冊子を持ち帰っていたのである。

その数日後、サンフランシスコの裁判所からメーア島の麟太郎のもとに、裁判所に出頭するようにとの連絡があった。何事かと思い、通訳の万次郎とともに出頭してみると、黒い奇妙な服を着た白人男性が二人、麟太郎たちより高い位置に顰《しか》めっ面《つら》をして座っていた。

麟太郎は小声で、隣の万次郎に尋ねた。

「万次郎さん、こいつら誰だい」

「裁判官だと思います」

「へぇー。日本でいう町奉行様かい」

「はい」

「するってえと、何かい。今俺たちが立っているこの場所はお白洲《しらす》で、俺たちは下手人って訳かい」

「さぁ、その辺りは何とも」

万次郎は答えに窮《きゅう》して、言葉を濁《にご》した。

その裁判官たちの服は、一見すると教会の牧師や神父のような服だった。そういえば裁判官たちが座っている高い場所も、何となく教会の、牧師や神父が説教をする壇《だん》のようであった。

「あなたが勝艦長ですね」

「はい」

「実は、あるサンフランシスコ市民より、あなたの部下の水夫から淫《みだ》らな振舞《ふるま》いをされたという訴えがありました」

「は？」

「その市民は、あなたの部下から猥褻《わいせつ》な本を渡されたと訴えているのです」

「はぁ」

「これが、その証拠の本です」

麟太郎が手に取ってみると、それは普通の春本だった。

（何でぇ、ただの春本じゃねえか。猥褻だ何だと、ちょっと大袈裟《おおげさ》なんじゃねえか？）

「この本が、そんなに猥褻なんですかい？」

馬鹿々々《ばかばか》しくなってきた麟太郎は、段々言葉遣《づか》いが横柄《おうへい》になってきた。

「訴えた市民は、厳格な清教徒なものですから」

「そうですかい」

「そこで、淫らな振舞いをしたあなたの部下ですが……」

麟太郎と万次郎は固唾《かたず》を飲んで、裁判官の次の言葉を待った。

「もし艦長であるあなたが、責任を持って彼《か》の者らを処罰すると約束するのであれば、我々は今回の件を不問に付《ふ》そうと思っています。いかがですか？」

この言葉を聞いた麟太郎と万次郎は内心ほっとした。即座に麟太郎は答えた。

「分かりました。必ず厳格に罰します」

「そうですか。いや、あなたにそう約束してもらって、我々も安心しました。我々としても、せっかく遠路はるばる海を渡って来た友人に対して厳刑を言い渡すようなことは、できればしたくなかったものですから。その証拠の本は返します」

裁判官たちは黒い法服を脱いで、先ほどとは打って変わってニコニコしながら、麟太郎たちを別室に招いた。そこには酒食が用意されていた。

「法服を脱いだら、もう我々は一市民です。ここからはざっくばらんにお話ししましょう」

（法服を脱いだら一市民か。するってえと裁判官ってのは身分じゃねえのかい。じゃあ、いったい何なんだ？）

それが単なる「職業」であることは、この時の麟太郎にはまだ理解できなかった。

和《なご》やかな雰囲気で会食が進む中、裁判官の一人が麟太郎に尋ねた。

「ところで、勝艦長。先ほどは訴状《そじょう》の手前、猥褻だなどと貶《けな》してしまいましたが、実は私は個人的には、あの浮世絵は素晴らしいと思っています。そこで、もし差し支えなければ、あの本を私に譲《ゆず》ってはもらえませんでしょうか。もちろん相応の代金は支払います」

「は？」

すると、もう一人の裁判官も、同様に是非欲しいと言い出した。

(何なんだ、こいつらは。じゃ、今日の裁判は見せ掛けで、結局こいつらは単にあの春本が欲しいから、俺をここに呼んだって訳《わけ》かい。とんだ茶番だぜ！)

　と鱗太郎は思ったが、何とか平静を装って答えた。

「分かりました。それでは、取り急ぎ先ほどの本を貴殿にお渡しします。いえ、お代は結構です。差し上げます。また、恐らくまだ何冊か同様の本があると思いますので、もう一冊は後日お届けします」

　鱗太郎の言葉を聞いて、もう一人の裁判官も大いに喜んだ。

　鱗太郎は内心、可笑《おか》しくて噴《ふ》き出しそうになるところをじっと堪《こら》えていた。

　サンフランシスコの裁判所を出てメーア島に帰る道中、鱗太郎は万次郎を労《ねぎら》った。

「いやー、万次郎さん。今日はとんだ茶番に付き合わされて、ほんとに参りましたなあ」

「はい。でも、何だか可笑しくて、怒る気にはなれませんね」

「全くだ。こんなこと、日本ではあり得んよなあ。まさか、お裁きの後、町奉行様と酒食をともにして、実は先ほどの裁きは……なんて、お奉行様が内心を明かされることは」

「これも、自由《フリー》で平等《イコール》な国の成せる技なのかもしれません」

「違えねえ。ははは」

　鱗太郎と万次郎は大きな声で笑い合った。

「そういえば、この前福沢さんが面白いことを教えてくれましたよ。何でも福沢さんは、興味本位にどこかのアメリカ人に、『ワシントン大統領のご子孫は今どうしていらっしゃいますか』と聞いたんだそうです」

「それで？」

「そうしたら、そのアメリカ人は『ワシントンの子孫には確か女の子がいたはずだ。今どうしているか知らないが』と素《そ》っ気《け》なく答えたんだそうです」

「へー、本当かい」

「はい。それで福沢さんは、『ワシントンといえば、日本では源頼朝公や神君《しんくん》徳川家康公にあたるのに、そのご子孫を知らないとは』と大層《たいそう》、驚いていましたよ」

「ははは、神君家康公のご子孫を知らないか。こいつぁ傑作《けっさく》だ。もし日本でそんなことを言ったら、即座《そくざ》に首が飛ぶわな」

「また、福沢さんはこんなことも話してくれました。あるアメリカ人の自宅に呼ばれて食事をした際に、その家の奥方がずっと日本人の相手をし、ご亭主が給仕に奔走《ほんそう》していたそうです。その様がまるで日本とは逆で、差し詰《づ》め『女尊男卑のようだ』と」

「女尊男卑ねえ。確かに、ここアメリカのご婦人方は、日本のご婦人方より伸び伸びしているよなあ。逆にどうも日本の女は虐《しいた》げられているように見えちまう」

「はい」

「なあ、万次郎さん。大きな声じゃ言えねえがよ、やっぱり総合的に見て、日本よりもアメリカのほうが暮らし易《やす》いんじゃねえかな」

「そうかもしれませんね」

「そんな中、お前さん、よく日本に戻ってきたねえ」

「日本を少しでもアメリカのような自由《フリー》で平等《イコール》な国にしたいと思ったのです。やはり……」

更に何か言い掛けた万次郎を、麟太郎が慌《あわ》てて制《せい》した。

「分かったよ、万次郎さん。もうそれ以上は言わなくていい。お前さん、日本じゃ絶対にそんなこと言っちゃ駄目《だめ》だぜ。言ったら最後、下手すりゃ首と胴が離れるよ」

「はい。気を付けます」

「まあ、あんただから話すが、内心おいらもそう思ってるよ。日本も今のままじゃ駄目だ、変わらなくちゃいけねえってね。問題はそれを、どのようにやるかだねえ」

「はい」

「今日の話は二人だけの秘密だ。その時が来たら、またじっくり話をしようや」

「はい」

二人は互いに強く頷《うなず》き合った。

4

咸臨丸は、旧暦閏《うるう》三月十九日にサンフランシスコを出航し、日本への帰路についた。一方、条約批准《ひじゅん》の正使を乗せたポーハタン号は、既に旧暦三月十七日にサンフランシスコを発ち、首都ワシントンを目指してパナマに向かっていた。

麟太郎は内心、ワシントンに行きたくて堪《たま》らなかったが、肝心《かんじん》の咸臨丸が修理中であり、艦長として当然咸臨丸から離れる訳にはいかなかったので、ワシントン行きは断念せざるを得なかった。

しかし提督の木村は、村垣範正と同じく条約批准使節の副使という立場上、正使の新見正興に万一の事態が起こった場合には代理の任にあたる職責《しょくせき》があったため、ワシントンまで行くことも可能であった。また、どうやら木村本人も、秘かにワシントン行きを望んでいた節があった。だが麟太郎の猛反対にあい、木村もワシントン行きを諦《あきら》めざるを得なかったという。

咸臨丸は四月四日にハワイのホノルルに寄港し、薪水《しんすい》や食糧を補給して七日に出港した。麟太郎にとってハワイは、アメリカに次いで二国目の外国であった。当時のハワイはまだアメリカ領ではなく、独立した王国だったのである。ハワイがアメリカに併合されるのは一八九八年（明治三十一年）である。

しかし、当時のハワイは独立国とはいっても、外国資本とりわけアメリカ資本の進出が著《いちじる》しく、例えばサトウキビ農場の大規模プランテーションの隆盛など、さながらアメリカの経済的植民地の観があった。そういったサトウキビ農場の経営者は、農場経営で蓄《たくわ》えた巨万の富を背景に大邸宅に住み、豪勢に暮らしていた。人々はそんな農場経営者たちを称して「シュガー・バロン（砂糖男爵）」と呼んでいたという。

そのせいか、麟太郎がホノルル市街を散策《さんさく》していても、横柄《おうへい》な態度のアメリカ人が目につく一方で、アメリカ人に鞭打《むちう》たれて、辺りも憚《はばか》らずヒイヒイ泣いている大きなハワイ人男性もいた。その姿は麟太郎にアメリカの黒人奴隷を連想させた。

ホノルルを発って一路日本へ向う咸臨丸の船内で、こういったアメリカの一面について日本人の間で話題になることがあった。

「我が日本とアメリカは、今は通商条約を結んで実に仲良くやっている。しかしアメリカは日本とは比較にならないほどの大国だ。そのうち日本はアメリカに併合《へいごう》されるんじゃないか」

牧山修卿《しゅうけい》が警告した。牧山は医師で、蝦夷《えぞ》の松前家家臣であった。

それを聞いた万次郎が、珍しく感情的になって反論した。

「そんなことは有り得ません。アメリカは親切で正しい国です。牧山さんだって、サンフランシスコの病院の献身的な看護を見たでしょう」

言葉遣《づか》いは丁寧だが、万次郎の目は牧山を睨《にら》み付けていた。

「私も中浜さんに同感です。アメリカは新しい国なので、もっと純粋で理想を追い求める国だと思います」

木村の従者の長尾幸作が続いた。アメリカでおよそ十年間暮らした万次郎や、サンフランシスコで一カ月近く入院し、その間に手厚く看護された長尾らがそう考えるのも十分領《うなず》ける。

一方の牧山は、

「確かにサンフランシスコの病院で働く人々は皆温かくて親切だった。けれど、また貴殿らはあのハワイの状況も見たはずだ。アメリカ人が現地のハワイ人をまるで奴隷のように酷使《こくし》し、他国にいながら、まるでその国の王様のように暮らしている、あの傍若無人《ぼうじゃくぶじん》ぶりを。あれが奴らの本当の姿なんじゃないか。かつてのペリーにしたって、やっぱり江戸に大砲を向けて恫喝《どうかつ》してきたじゃないか」

「違う、違う」

長尾が譫《うわ》言のように呻《うめ》いた。一方、万次郎は何も答えなかったが、明らかに牧山の意見には賛成しかねるようであった。

万次郎はこの一件を麟太郎に話した。

「へえー。そんなことがあったのかい」

「はい。して、この件について勝艦長はどう思われますか」

「難しいところだねえ。病院での親切な看護も、ハワイでの傍若無人ぶりも、どちらも紛れもねえアメリカの一面だ。色んな顔を持っているということは、それだけ懐《ふところ》が深いってことかねえ。だけど俺は冷たいようだけど、あのハワイ人たちもボンクラだと思うよ。なぜって、アメリカ人の傍若無人ぶりを許さねえっていう気概《きがい》が感じられねえからよ。まるで惨《みじ》めな現状に甘んじて、下手《へた》すりゃ、その現状に何の疑問も感じてねえみてえに見えるのよ」

「仰《おっしゃ》る通りかもしれません」

「だから、まず我々が考えなくちゃならねえのは、他国に侮《あなど》られねえような防備や軍隊、科学技術といった『実力』を身に付けることなんじゃねえのかい。我々日本がしっかりした実力を持っていりゃ、アメリカだって我々を認めて、良き友人でいてくれるんじゃねえかな。逆に我々が奴らになめられりゃ、奴ら牙《きば》をむいて襲ってくるかもしれねえよ」

麟太郎は、万次郎の顔を覗《のぞ》き込むようにして軽く微笑んだ。

第五章　社会の矛盾

1

三月。奄美大島、龍郷《たつごう》。奄美大島に吉之助が来て以来、既に一年以上が経っていた。前年の十一月には島の娘の愛加那《あいかな》を島妻として娶《めと》り、吉之助はすっかり島の生活にも馴染《なじ》んでいた。

島に来た当初、吉之助は本土に召還《しょうかん》される日を一日千秋の思いで待っていた。しかし、それが叶わぬものだから無性《むしょう》に苛々《いらいら》して、庭の木を、奇声を発しながら木刀で何回も打ちつけたり、島民を怒鳴《どな》りつけたりしていた。そんな吉之助の苦悩を知らない島民たちは、秘かに吉之助を「フリムン（狂人）」と呼んで恐れていた。

吉之助は一度結婚に失敗していた。斉彬が襲封した翌年の嘉永五年に、吉之助は武村《たけ》の上之園に住む伊集院兼寛《かねひろ》の姉であるスガと結婚した。しかし、結婚から二年後の安政元年、吉之助が斉彬に従って江戸に出府していた時に、スガは実家の伊集院家に帰ってしまったのである。原因は正確には分からないが、夫が不在の中、貧しい暮らしと吉之助の弟妹の世話で、心身ともに疲れ切ってしまったのではないかといわれている。この結婚の失敗の痛手から、吉之助は中々再婚に踏みきれずにいたのである。

また、もう一つ吉之助には再婚できない理由があった。それは、次々と子息が夭折《ようせつ》していく斉彬に新たに男子が出生するよう願《がん》を芝明神にかけ、生涯不犯《しょうがいふぼん》の誓いを立てていたからである。吉之助がこの願をかけたのは安政三年の十二月であったが、斉彬はそれまでに五人の子息を失っており、この安政三年の時点で斉彬には子息はいなかったのである。この願かけの背景には、斉彬の子息夭折《ようせつ》はお由羅による呪詛《じゅそ》のせいであり、その呪詛をはね返さなければならないという意図《いと》があった。

その甲斐《かい》あってか、安政四年九月に斉彬に待望の六男哲丸が誕生したのであるが、彼もまた安政六年正月二日に夭折してしまった。この時吉之助は奄美大島に渡航する直前であり、まだ山川港にいたので、哲丸の死去は恐らく吉之助にも報じられたのではないかと思われるが、いずれにしろ斉彬と哲丸の二人の死を知った上で、不犯の誓いが意味をなさなくなってしまったので、吉之助は愛加那との結婚に踏み切れたのである。

その愛加那を娶《めと》った頃から、吉之助の心境に微妙な変化が生じてきていた。「もう一生、島で暮らしてもいいかな」といった、一種の諦《あきら》めの心境になってきたのである。それだけ新婚生活に安らぎを見い出したのであろう。あるいは、それ以前の生活が荒《すさ》み過ぎていたのかもしれない。何しろフリムン（狂人）のような生活だったからである。

こうして奄美大島にじっくりと腰を落ち着けてみると、それまであまり視野に入らなかったことが色々と見えてくるようになった。それは薩摩による奄美大島への苛政《かせい》であった。

いた。薩摩は奄美大島の人々に砂糖黍《さとうきび》を栽培させ、それを精製して黒糖にしてから納入させていた。薩摩の政庁は島民たちに他の作物は一切作らせず、また黒糖の流通も一手に握る一方、生活用品などは本土からの物品を高値で買わせるなど、完全に島民たちの自由を奪い従属させていたのである。

島民たちは自分たちが作っているにも関わらず、砂糖黍をほとんど口にすることはできず、少しでもかじったり、あるいは砂糖黍の切り株が高かったりすると、鞭《むち》で容赦《ようしゃ》なく叩《たた》かれたという。また貢納《こうのう》量が当初の計画量を下回ると、その下回った島民は砂糖黍をどこかに隠《かく》したり、横流ししたのではないかと疑われ、強制的に家内を捜索《そうさく》されたり、代官所に連行されて大した取調べもないままに拷問《ごうもん》されたりしたという。だから毎年砂糖黍の収穫や黒糖の納入時期になると、村役場は拘留《こうりゅう》された島民たちで溢《あふ》れ返っていたといわれている。

(こいは酷《ひど》か。こいは松前のアイヌ人の扱いより酷か。知らんかった。まさか我が薩摩が、こげな野蛮なことをしておったとは。いや、待てよ。本当に政庁はこんことを知っちょるんじゃろか)

ある日、吉之助が読み書きを教えている島の子供の一人が、自分の父親が役人によって村役場へ連れ去られたと吉之助に告げた。このような島内における苛政《かせい》は、全て本土から派遣された代官の管理するところだったので、この状況を見るに見かねた吉之助は、名瀬にある代官所に乗り込んで代官に直訴《じきそ》することにした。

幸か不幸か、この時の奄美大島の代官は吉之助とは旧知の相良《さがら》角兵衛だった。相良はかつて斉彬が存命の頃に郡奉行を勤めており、その時に百姓の負担の均衡《きんこう》をはかるために、新たな領内総検地の実施を斉彬に上書し、提案していたのだった。

その相良の提案に対し、斉彬が吉之助に意見を求めたところ、吉之助は相良の提案を批判した。その批判とは、以前享保年間の検地において、当初石高《こくだか》の増加分はその村の収入にするとしていたのに、検地が終わった途端《とたん》、増し高を全て薩摩の収入にしてしまったことがあった。このように百姓衆を騙《だま》したことが今日の農政の紊乱《びんらん》の原因になっているのであり、従って検地よりも、まず為政者の姿勢や気風を正すことが先決である、という内容であった。

だから、相良の上書を斉彬は重視しなかったのだが、相良はそれを吉之助の讒言《ざんげん》によるものと逆恨《さかうら》みしていた。もちろん吉之助も、相良が自分を恨んでいることは知っていた。

(相良どんが代官か。こいは簡単には済みそうになか。おいも覚悟を決めなくてはいかん)

名瀬は龍郷から山を隔《へだ》てて西方にあった。

「相良どん、久しかぶりでごわす」

「おお、吉之助か。そろそろ来る頃だと思うちょった」

相良は、赤ら顔を吉之助に向けた。

（こん男、昼間っから呑《の》んじょるんか！）

吉之助が眉間《みけん》に皺《しわ》をよせたのを見て、相良は薄笑いを浮かべた。

「おはん先君の下では大活躍だったそうだの。お陰でおいはずっと冷や飯を食うておるわ」

「おいの仕事とおはんの境遇《きょうぐう》は関係なか。とこいで相良どん、ちっとばかり政《まつりごと》がひど過ぎるんじゃねえか」

「おはんは、おいの政にケチを付けるつもりか」

「郡奉行だったおはんなら良う知っちょるはずだが、当然作物の取れ高は天候や気温に左右される。じゃっで、取れ高の計画と実績は違うて当たり前じゃ。そいを重箱の隅《すみ》を突《つつ》くように、ちっとの違いで島民たちを苦しめるのも大概《たいがい》にせんか！」

「代官は殿より、こん島の経営を全て任されちょる。じゃっで、おはんの口出しは無用じゃ。そいに、こげな退屈な島じゃ、島民を虐《いじ》めるくらいしか楽しみはないじゃろが」

相良は吉之助を睨《にら》み、また薄笑いを浮かべた。

（小人の妬《ねた》みは恐ろしか。一旦道を外れると、人はこうまで堕《お》ちるものか）

「おはんがそこまで言うなら、おいにも考えがある。おはんの行状を全て手紙に書いて殿に報告する。よかな？」

吉之助の言葉を聞くと相良の酔いは急激に醒《さ》め、次第に顔から血の気が失《う》せていった。

吉之助は代官所を後にして木場伝内《こばでんない》の邸宅に向かった。木場は伝聞《でんぶん》役として、相良同様に本土から奄美大島に赴任《ふにん》してきていた。吉之助はこの木場とも旧知の仲であった。相良とは違って気心も知れていた。

「つい今しがた、代官所によって相良どんと話してきもした。殿に手紙を書くと脅《おど》かしたら、あん男、蒼《あお》ざめちょったわ」

「せっかくおいがおるんじゃって、相良どんの所に行く前に、おいに相談してくれたら良かったもんを」

「ははは。いや、相良どんとは以前から因縁《いんねん》がありもしてな。一度ビシっと言っとかんと、いかんと思ったのでごわす」

「相良どんはああ見えて小心な男でごわす。じゃって、そげん脅《おど》かしたんなら、もう改心すると思いもすが、一応おいが様子を見に行ってきもす」

木場が代官所に行ってみると、案の定、相良は蒼ざめながら俯《うつむ》いていた。吉之助の脅しが不安で堪《たま》らなかったのだ。木場が吉之助の意見に従うよう相良に促《うなが》すと、相良は即座に領《うなず》いた。その後すぐに、各村役場に拘留《こうりゅう》されていた島民たちが釈放《しゃくほう》された。

四月。赤い花々が咲き、青い海と白い砂浜との対比が美しい奄美大島の浜辺に、本土からの船が到着した。船は、吉之助に手紙をもたらした。その手紙を読みながら、吉之助の体はわなわなと震《ふる》え出した。その手紙を読み終えるやいなや、吉之助は庭に出て、以前のように奇声を発しながら庭の大木に木刀を打ちつけ始めた。

「キエーッ、キエーッ」

これは、有名な薩摩の示現《じげん》流の掛け声であった。

「キエーッ、キエーッ」

夫の突然の奇行に驚いた島妻の愛加那は思った。

(今度こそ本当に、旦那さんはフリムン《狂人》になってしまいなさった)

ふと気が付くと、吉之助が自分を呼んでいる声が聞こえ、愛加那は我にかえった。

「おーい、愛加那。おはん、急いで佐民《さたみ》どんを呼んできてたもんせ」

吉之助が大声で愛加那に頼んだ。佐民とは龍《りゅう》佐民のことで、龍郷の豪族、龍家の当主である佐運《さうん》の弟であり、東間切《まぎり》(間切は行政区分)の与人(町長)として任地にいる佐運に代わって、留守を預かっているのであった。

愛加那が「夫がフリムンになった」と告げたせいか、佐民は慌《あわ》てて吉之助の住まいにやって来た。

「先生、どうしたんですか」

島津家家臣としての吉之助への敬意か、それとも子供たちに読み書きを教えてもらっているせいか、佐民は吉之助を先生と呼んでいた。

「どうしたも、こうしたもなか。井伊の赤鬼が殺されたんでごわす」

「井伊というと、あの大老の？」

「そうでごわす」

伝統的に井伊家の甲冑《かっちゅう》は赤色であったことと、井伊直弼が行った安政の大獄を揶揄《やゆ》して、人々は井伊大老を陰で井伊の「赤鬼」や「赤牛」と呼んでいた。

「あ奴のお陰で、おいはここに潜伏するようになり、橋本左内さぁや吉田松陰さぁなど、多くの志士たちが捕らえられ、無念の死を遂げたのでごわす。あと、おいと一緒に錦江湾に身を投げた月照様も、あ奴に殺されたようなもんでごわす」

「そうでしたか。そりゃ何よりでございましたな」

「こいで日本の将来も大きく変わるはずでごわす。ああ、早く本土に帰りた……」

その瞬間、吉之助は愛加那と目が合い、咄嗟《とっさ》に後に続く言葉をのみ込んだ。本土に帰るということは愛加那と別れることを意味した。愛加那たち奄美大島の人々は原則として本土に来ることはできなかったからである。

「もう一つ、嬉《うれ》しいことがあいもす。そいは井伊の赤鬼の首をあげたのが、我が薩摩の有村次左衛門だったことでごわす。多数の水戸徳川家家臣の中、戦闘に参加した我が島津家家臣は次左衛門一人だけだったのでごわすが、こん一人の薩摩隼人が井伊を討ったのでごわす。こげん晴れやかなこつは久しかぶいでごわす」

つい先ほどは、妻である愛加那に気を遣《つか》った吉之助であったが、井伊が死んだ嬉《うれ》しさは格別で、どうにも顔から笑みがこぼれて仕方がなかった。

（左内さぁ。月照様。遂《つい》に我らはやりもしたぞ。どうか安心して眠りやったもんせ）

そんな吉之助の目から熱い涙が溢《あふ》れてきた。

2

五月。ついに咸臨丸が日本に帰ってきた。五日、浦賀に着いた咸臨丸に、浦賀奉行所からの小船が近づいてきた。木村や勝らが帰国の挨拶《あいさつ》を述べようとしていると、浦賀奉行配下の役人たちが物々しく、その小船から咸臨丸に乗り移ってきた。どうも様子が変だと身構えながら、麟太郎が怒鳴《どな》った。

「無礼者、何のまねだ！」

すると、その役人らは麟太郎たちに対して告げた。

「実は去る三月三日、ご大老の井伊掃部頭《かもんのかみ》様が桜田門外において水戸浪士らによって殺害されました。よって、当船に水戸の関係者が乗っていないか改めさせて頂きます」

「何だと。……大老が殺されただと」

麟太郎は思わず絶句した。木村提督をはじめ、士官や水夫に至るまで皆が凍《こお》りついた。

「この船には水戸の奴らは一人もいねえ。だから、さっさと帰りな」

半ばうろたえながらも、麟太郎は喚《わめ》いた。

が、次の瞬間、ある思いが麟太郎の脳裏《のうり》を過《よぎ》った。

(もう幕府は駄目《だめ》だ。命運《めいうん》が尽《つ》きている。これから世は大いに乱れるに違えねえ)

帰国後、麟太郎は幕府の老中と話をする機会があった。

「麟太郎。其方《そのほう》は一種の眼力を備《そな》えた人物であるから、異国へ渡って何か気が付いたことがあろう。それを詳《つまび》らかに言上《ごんじょう》せよ」

「はっ。お言葉ではございますが、人間のする事は古今東西同じであり、アメリカとて特に変わったことはございませんでした」

すると、老中は薄笑いを浮かべながら念を押した。

「そんなことはあるまい。何か、日本とは違うことがあったであろう」

平伏《へいふく》しながら、麟太郎は密かに舌打《したう》ちした。

(しつこい野郎だな。じゃあ本当の事を言ってやるよ)

「左様、少し気が付きましたのは、アメリカでは役人でも商人でも、およそ人の上に立つ者は皆その地位相応《そうおう》に有能でございました。この点ばかりは、全く我が国とは反対のように思います」

それを聞いた老中は初めはキョトンとしていたが、見る見るうちに顔を赤くして怒り出した。

「この無礼者！　控《ひか》えおろう！」

「はっ」

即座に麟太郎は平伏したが、平伏しながらも笑いを堪《こら》えるのに必死であった。老中の反応が定番通りだったからだ。

(だから言わんこっちゃない。それにしても、怒り方一つ取っても何の個性もありゃしねえ。こんな日本がアメリカのようになるには、あと何年掛かることやら)

そう思いながら、麟太郎は人知れず小さな溜息《ためいき》をついた。

この老中との面会のせいか、その後麟太郎は蕃書調所頭取助《ばんしょしらべしょとうどりたすけ》に任命された。蕃書調所頭取は外国奉行や軍艦奉行らと同格であり、その「助」であるから、以前の軍艦操練所教授方頭取と比べれば幾分昇進したことになる。しかし、海軍から追放されたことは紛《まぎ》れもなく、その意味では「左遷《させん》」であるともいえた。麟太郎が再び海軍に復帰するには、この後丸二年を要したのである。

3

夏。奄美大島、龍郷《たつごう》。吉之助は愛加那とともに落ち着いた日々を過ごしていた。愛加那は龍家の一族だったので、吉之助と愛加那は龍家の敷地内の離れに住んでいた。

そんなある日、吉之助は台所でしゃがみ込んでいる愛加那を発見した。

「愛加那、どげんした」

一瞬、吉之助の脳裏を先妻スガの面影《おもかげ》がよぎった。妻の過労《かろう》によって、また結婚生活が破綻《はたん》してしまうのか。

「う、うう」

愛加那は吐き気をもよおしているようだった。愛加那の背中をさすりながら、吉之助は近くで遊んでいた龍家の子供たちに、龍佐民を呼んでくれるように頼んだ。

すぐに佐民とその妻の石千代が、吉之助らが住む離れにやって来た。うずくまる愛加那の体を支えながら、石千代は愛加那と二、三言話すと、笑って吉之助のほうを向いた。

「先生、こりゃ、おめでたじゃ」

「え？」

「赤子ができたんじゃ」

「赤子、おいの子供でごわすか」

「他の誰の子供だと言うんじゃ」

吉之助は呆然《ぼうぜん》としていた。妻の過労ではないという安堵《あんど》と、子供ができたという嬉《うれ》しさが混ざり合い、吉之助はどう気持ちを表現していいか分からなかった。

子供を授《さず》かったことで、吉之助は一層島に根を張り、冷静に島の現状を把握《はあく》しようとしていた。そんな吉之助がどうにも気になって仕方がなかったことは、ヤンチュ（家人）とヒザ（膝子）の存在だった。奄美大島では、龍家など上層階級の家は由緒《ゆいしょ》正しい家（ユカリッチュ）と呼ばれ、必ずといっていいほどヤンチュとヒザを抱《かか》えていた。

ヤンチュはいわゆる「債務奴隷《さいむどれい》」であった。だから債務がある年月だけ主家に奉公し、債務がなくなれば自由の身になることも可能であった。一方のヒザはヤンチュが生んだ子供であり、これは主家の私有物とされて、一生を奴隷として過ごさなければならなかった。

また、ヤンチュもヒザも生活環境は劣悪《れつあく》で、自由もなく、食事も米飯ではなく焼酎《しょうちゅう》粕《かす》であった。一般に焼酎粕は家畜の餌《えさ》だったので、ヤンチュとヒザの扱われ方はまさに家畜同然であった。もちろん債務がある以上、ヤンチュとして正当な労役を課されることは尤《もっと》もなことであったが、問題はその待遇であった。中でも吉之助は、特にヒザに憐《あわ》れみを感じていた。そこで吉之助は、旧知で信頼できる木場伝内に、ヤンチュの待遇改善とヒザの解放を相談したのである。

その結果、龍家を筆頭に次第に多くの主家によって、ヤンチュの待遇とヒザの扱いが改善されていったといわれている。

さらに吉之助は、読み書きを教えている子供たちにも教え諭《さと》した。子供たちは純粋なだけに、その問答もストレートであった。

「先生、何でヤンチュとヒザがいけないの？」

「彼《か》の者らがあんまいにも憐《あわ》れじゃっでのう。特にヒザは惨《ひど》か」

「だけど、ヒザとして生まれてきたんだから、しょうがないんじゃないの？」

「そげんこつないんじゃや。誰から生まれようと同じじゃや。おはんもヒザも同じ人間じゃや」

「ふーん」

（いつか橋本左内さぁが言っていた「皆等しい」とは、こういうことなのか）

いつしか吉之助は、時々そんなことを考えるようになっていった。

4

同じ頃。江戸、赤坂元氷川。麟太郎はろくに蕃書調所には出勤もしないで、随筆『まがきのいばら』の執筆に勤《いそ》しんでいた。蕃書調所の仕事に興味が持てなかったからであり、また遠からず幕府が倒壊すると睨《にら》んでいたので、自分がこれまで見聞してきた世の移り変わりを書き留《と》めておきたかったのである。

そんな中、かつての一橋派の活動に思いを馳《は》せていた麟太郎の脳裏に、当時目付・海防掛のリーダーとして幕吏中の一橋派を牽引《けんいん》していた岩瀬忠震《ただなり》の姿が浮かんできた。麟太郎は、岩瀬に当時の話を聞いてみたいと思った。また、そもそも自分が咸臨丸に乗って渡米できたのも、元はといえば岩瀬らが条約を締結したからであった。だから帰国の報告をしておこうとも思ったのである。岩瀬自身が、実は条約批准《ひじゅん》の使節として訪米したかったことも、もちろん麟太郎は聞き知っていた。

しかし、いわゆる安政の大獄の一環として、この前年の安政六年八月に岩瀬は作事奉行を罷免《ひめん》され、永蟄居《えいちっきょ》の処分を受けていた。だから、そのように岩瀬は幕府から処罰されている身だったので、一瞬、麟太郎は訪問をためらった。罪人を訪問すれば、その罪人の一味かまたは同類として幕府に睨《にら》まれ、下手をすれば同様の処分を受ける恐れがあったからである。

ただ、安政の大獄を主導した井伊大老はもう亡くなっているし、既に自分も閑職《かんしょく》に左遷されている身なので、もはや怖いものはないと開き直って、蟄居していた岩瀬を訪問することにした。

岩瀬は、向島の岐雲園《ぎうんえん》と呼ばれる別荘で詩・書・画を嗜《たしな》みながら、下男と共にひっそりと住んでいた。幾分痩《や》せ衰えてはいたが、時折見せる鋭い眼光はまだ健在であった。

麟太郎は、なぜか岩瀬の前に出ると緊張した。それは、かつて島津斉彬の前に出ると緊張した感じに似ていた。もちろん斉彬の前よりは岩瀬の前のほうがかなり楽ではあったが、二人とも麟太郎を緊張させる何かを持っていたのであろう。逆に麟太郎は、大久保忠寛（一翁）や永井尚志《なおゆき》の前ではほとんど緊張したことはなかった。

「ご無沙汰しております。お体の調子はいかがですか」

「ああ、体じたいは悪くはないんだが、どうにも気が滅入《めい》ってね。それでも今日は、君が来てくれたから気分がいい」

「それは良かった。来たかいがありました」

「アメリカはどうだった？　この前来てくれた木村さんは大歓迎されてかえって大変だったと教えてくれたが」

「はい。連日の歓迎会やら個人宅での食事会で、有り難い話ですが、正直少し疲れました」

「ははは、それは大変だったな。しかし、こうして侘《わび》しく暮らしていると、歓迎会やら食事会というのも、何だか羨《うらや》ましく感じるな」

　麟太郎はつい言葉に詰まって俯《うつむ》いたが、沈黙に耐えられなくなったのか、思い切って岩瀬に訊《き》いてみた。

「岩瀬さん、一つ伺いたいのですが」

「何かな」

「なぜ無勅許で条約を調印なさったんですか。いえ、決して調印自体を非難している訳ではありません。ただ、今後の日本とアメリカとの付き合い方を考えていく上でも、是非その理由を伺っておきたいのです」

「そうか。儂《わし》は幕府の将来ではなく、日本国の将来を考えて調印したのだ」

「日本国の将来……」

「そうだ。あの頃、儂はハリスとの談判をしていて気付いたのだ。儂は幕府ではなく、日本国の代表なんだと」

「――」

麟太郎は黙って岩瀬の言葉を聞いていた。

「極論すれば、幕府はどうなっても構《かま》わんと思ったのだ。だから、儂は井伊大老の悲劇も、今日の幕府の衰退も、自分がこのように処罰されることも、ある程度は予測しておった。それでも日本国のためには必要だと思い、意を決して調印したのだ」

「そうですか」

「まだある。もう一つの理由は、朝廷からの勅《ちょっきょ》許など、永久に来ないと思ったからだ」

一瞬、麟太郎の顔に緊張の色が浮かんだが、それでも頷《うなず》きながら岩瀬の次の言葉を待った。

「あの頃、儂は堀田老中、川路聖謨《としあきら》殿とともに、勅許の申請をしに京へ上った。京では福井の橋本左内殿も助勢してくれて、度々京の公家衆の家で遊説《ゆうぜい》してくれておった。しかし、条約勅許は下りなかった」

麟太郎は思わず拳を握りしめた。

「なぜ下りなかったのか。それは京の公家衆が無知蒙昧《むちもうまい》だったからだ。聞く耳を持たないとは、正にこの事だ。中には夷狄《いてき》は禽獣《きんじゅう》と同じだから絶対に近づけたくないと言って、泣き出す者もいる始末だったらしい。これではまるで赤子だ。理屈以前の問題だろう。左内殿がそうこぼしておったわ」

「そうですか。分かりました」

「いいか麟太郎、よく覚えておけ。朝廷を政《まつりごと》に参加させてはならぬ。あの者たちには政を行う能力がない。だから源頼朝公は朝廷を見限って、彼《か》の者らから政権を奪ったのであろう。以来、彼《か》の者らは何をしてきたか。元寇の時にしろ建武の中興の時にしろ、彼《か》の者らは決して武士の手柄を認めず、帝のご威光《いこう》だとか自分たちの祈りが通じたのだとか、幼稚で独善的《どくぜんてき》な理屈をこね回してきただけではないか。まさに今回もそうであったわ。もちろん、儂にも朝廷、すなわち帝や公家衆を敬う気持ちはある。しかし、彼の者らを尊敬する気持ちと、実際に彼の者らに政を委《ゆだ》ねる気持ちとは全くの別物なのだ。朝廷すなわち日本国ではなかろう。あの者たちが政を行えば、いつか必ず国が傾く。それが、儂と左内殿の到達した考えであった」

「はい」

「いや、久しぶりに君の顔を見たら、つい興奮してしまった。済《す》まなかった」

「いえ、大変参考になりました」

「これに懲《こ》りず、是非《ぜひ》また来てくれ」

「はい」

丁重に礼を言って、麟太郎は岐雲園を後にした。岩瀬はこの翌年の文久元年七月十一日、岐雲園で静かに息を引き取った。享年四十四歳。かつて日米修好通商条約の調印を行った人物にしては、あまりに寂《さび》しい最期《さいご》であった。

5

秋、奄美大島。吉之助は木場伝内の邸宅で伝内と相対《あいたい》していた。

「伝内さぁは、ユタ信仰をどう思いもす」

「悪か風習だと思いもす。もちろん、おいはユタ信仰を迷信《めいしん》だと思っておいもす。じゃっどん、信じている島民が多いのが現状でごわす」

ユタ信仰とは、沖縄県や鹿児島県の奄美群島で行われているシャーマン信仰で、ユタと呼ばれる巫女《みこ》が一時的に精神錯乱状態になり、その時に巫女が口走った言葉を、巫女に乗り移った神や既に亡くなった人が告げた言葉だと解する信仰である。現代でも行われているという。

しかし、かつてのユタ信仰には問題も多かった。それは、依頼者がユタの話すことを信じた結果、例えば病人の治療法を間違えたり、または治療自体が遅れたりといったことや、あるいはユタによって法外な祭祀《さいし》料や供え物を要求されたりといったことであった。

そこで慶長十四年（一六〇九年）以来琉球と奄美群島を支配してきた薩摩は、伝統的にユタ信仰を禁止する政策を取ってきたのだが、一時的に減少することはあっても、決してなくなることはなかったのである。

「おいが教えている子供らの中にも、ユタにかなり高額な祭祀料を要求されて親が苦しんでいる子がいもす」

「そげな家も多いと思いもす」

「じゃっで、ユタ信仰を何とかならんかと。今でも薩摩はユタ信仰を禁止しちょっとな？」

「はい。しかし一向になくなりはしもはん」

「こげなことは、やっぱい子供の頃から迷信だと教えなければいかんと、おいは思いもす」

「おいも同感でごわす」

数日後、授業中に吉之助は教え子たちを見渡して諭《さと》した。

「おはんたち、ユタの話すことなど信じてはいけもはん」

「なぜ？」

「ユタも我々と同じただの人間じゃっで、神様や亡くなった人の言葉など話せる訳がなか」

「でも、実際にユタは言葉を話してる。もし神様や亡くなった人の言葉でないなら、あれは誰《だれ》の言葉なの？」

「ユタ自身が思いつきで話しちょるんじゃろう。じゃっで、間違いが多いんじゃや」

「ふーん。そうなんだ」

吉之助の授業が終わって子供たちが皆、帰宅する中、一人の子供が吉之助に近づいてきた。龍佐民の甥で、佐民の兄の佐運の子の佐文《さぶん》であった。

佐文は吉之助に尋《たず》ねた。

「先生は、いつかは本土に帰ってしまうんですよね？」

「召還状《しょうかんじょう》が届いたらな」

「その時は、愛加那さんも一緒に連れて帰るんでしょ？」

「いや、そいは無理じゃ」

「なぜですか？」

「島の人間は、本土には行けんのだ」

「よく分かりません」

「愛加那は、こん島の中だけの妻なのだ。そいに、もし強引に本土に連れて行けば、つらい思いをするのは愛加那本人だろう」

「差別されるってことですか」

「ああ。残念だがな」

吉之助は、鹿児島本土での奄美大島出身者への差別の現状を佐文に話そうとしたが、年端《としは》のいかない子供に話すにはあまりに酷《むご》いと思って止《や》めた。奄美大島出身者は鹿児島の人々から、「島ゴロ」や「島豚」と呼ばれていたのである。

「先生はヤンチュやヒザも、ユタも、みんな僕らと同じ人間だって言いました。だったら愛加那さんだって、先生と同じ人間じゃないですか。なのに、なぜ先生は本土に行けて、愛加那さんは本土に行けないんですか」

「――」

吉之助は、じっと佐文の顔を見つめた。返す言葉が見つからなかった。佐文の目には涙が溢《あふ》れていた。

「これから子供が生まれて、愛加那さんにとっても生まれてくる子供にとっても益々《ますます》先生が必要になってくるのに、先生は家族を捨てて、一人で本土に帰ってしまうんですか」

(すまん)

吉之助は、心の中でただ謝ることしかできなかった。

「人間は同じじゃない。ちっとも同じじゃない。奴隷として生まれてくる者もいるし、夫と一緒に本土には行けない運命を背負って生まれてくる者もいる。全然同じじゃないです」

(すまん、すまん)

吉之助の目からも涙が零《こぼ》れた。まるで吉之助自身が叱《しか》られているかのようだった。

第六章　二人の出会い

1

文久二年の春、麟太郎は「ロシアと戦え」という刺激的な内容の意見書を書いている。その中の注目すべき箇所を筆者が現代語に訳して引用すると、

もし今戦争をして一敗地に塗《まみ》れたら、日本人は真に西洋諸国と日本との実力の差を知って奮発し、優れた人材が雲の如く集り、将帥《しょうすい》の人事において世襲による爵位ではなく、能力や人格による爵位が適用されるようになるか、又は敗戦の結果国内が争乱に転じ、その収束のために自分が敢死することになるかは分からない。しかし、その後真の堅固な平和が訪れ、以後は東洋の英国が出現したかのような真の強国ができ上がることはいうまでもない。

（「兵威盛大の策を論ず　草稿」『勝海舟全集　別巻　来簡と資料』講談社）

麟太郎は、自身が軍艦奉行並となった文久二年閏八月十七日より日記を書き始めているが、右の引用文と似たような文章が文久三年三月十六日の日記にも書かれている。

これらの記述から、いかに麟太郎が世襲で固められた封建社会を厭《いと》い、能力や人格で評価される自由で平等な社会の到来を期待していたかが分かるのである。

十月、江戸。将軍徳川家茂《いえもち》は、政事総裁職・松平慶永の病気見舞いに大久保越中守忠寛（一翁）を派遣《はけん》した。形式どおりの見舞いが済むと、別室で慶永と、慶永の政治顧問である横井小楠、忠寛の三者による談話に及んだ。その時、慶永が忠寛に訊《き》いた。

「越中守殿。貴殿は此度《こたび》の攘夷《じょうい》決行の 勅 諚《ちょくじょう》に対し、我らは如何《いか》に臨むべきとお思いか」

「攘夷など、今の我が国の実力では不可能でございます。従いまして、無理に攘夷を行おうとしますと、どのような国難に見舞われるやもしれませぬ」

「ならば？」

「帝に、あくまで攘夷は我が国にとって不可能なことだと申し上げるのです」

「それは、これまでにも様々な手段を用いて申し上げておる。しかし、恐らくは君側《くんそく》の攘夷派の公家や、その公家らに群がる浪人どもの仕業《しわざ》によって、我らの訴えは全て却下《きゃっか》されてしまっておるのだ」

「では、もし此度《こたび》もそのような事態になるようでしたら、いっその事、幕府は政権を朝廷に奉還《ほうかん》し、徳川家は神祖《しんそ》の旧領である駿河・遠江・三河の三州のみをもらい受け、一諸侯に下るべきかと心得ます」

「何と！」

慶永と小楠はともに目を剝《む》いた。これが大久保の大政奉還論であった。

後に明治になって、慶永は『逸事史補《いつじしほ》』の中で、この大政奉還論を「大久保の卓識《たくしき》なりと感服《かんぷく》せり」と称賛《しょうさん》している。しかし、この論に接した当初は「余もその時は、大久保は狂人かと大いに忿怒《ふんぬ》を生ぜり。満幕府これを喜ぶものなく、ただ怨悪《えんお》する多し」と正直に感想を述べている。

この慶永の記述からは、大久保の鋭い先見性だけでなく、自分が信念を持って正しいと思うことは、周囲を敵に回しても決して曲げず、その意見を述べることを憚《はばか》らないといった、大久保の勇気や決断力が窺《うかが》われるのである。

文久三年十一月、江戸。一人の島津家家来が麟太郎の自宅を訪れた。麟太郎は訪米以来二年余り海軍を追放されていたが、この前年の文久二年閏八月より軍艦奉行並となり、ようやく海軍への復帰を許されていた。

「勝先生でおられもすか？」

「はい」

「拙者、島津家家来の吉井幸輔《こうすけ》と申しもす」

「ほう、薩摩の人とは珍しい。エゲレスとの戦が終わって、少しは落ち着きましたかい？」

「色々難問山積でございもすが、何とか国を挙げて取り組んでおいもす」

「そいつはご苦労様。で今日はいったい、どういう御用件ですかい？」

「勅命による一橋様のご上洛《じょうらく》の時期を早めて頂けますよう、お願いに参りもした」

この時、一橋慶喜は将軍後見職であった。

「ご上洛、するってえと、例の八月十八日の政変後の新しい秩序作りですかい？」

「はい。既に我が主君の他、春嶽公や宗城公も京でお待ちでございもす」

「そうですかい。しかし、私は単なる軍艦奉行並にしか過ぎませんから、一橋様の上洛日程にまで口を挟《はさ》める身分じゃないですよ」

「いえ、そいはご謙遜《けんそん》でございもす。何と申し上げもしても、勝先生は幕府艦隊を預《あず》かっておられもす。確か以前にも、勝先生とご一緒に将軍家やご老中が、海路で江戸と大坂の間をご移動なされたと伺《うかが》っておいもす」

「まあ、私のほうからも上申《じょうしん》しておきますけど、あんまり期待しねえで下さいよ。上のほうの判断はなるようにしかならねえんですから」

「宜《よろ》しくお願い申し上げもす」

「ところで、以前、順聖院《じゅんしょういん》（斉彬）様から伺《うかが》ったんですけど、西郷吉之助という御仁《ごじん》は元気ですかい？」

「あっ、勝先生は西郷をご存知でしたか。実は西郷は今、南方の島においもす」

「そうですか。いや、実は他家の人たちからは、西郷さんが遠島になっているとは聞いていたんですが、今もまだ島暮らしですかい」

「はい」

（まだ島か。こいつは、かなり根が深えみてえだな）

「私が薩摩に伺《うかが》った時には、順聖院様はさも嬉《うれ》しそうに西郷さんの人柄を話してくれたんですがねえ。あの方はよほど西郷さんを気に入っておられるようでしたよ。その西郷さんを使わずに南の島で遊ばせておくというのは、何とも勿体《もったい》ない話だと思いますけどねえ」

「実は一度島から呼び戻し、薩摩の外交の最前線で働いてもらおうとしもした。じゃっどん、様々な問題が生じまして」

吉井は口籠《くちごも》り、黙《だま》ってしまった。

(寺田屋事件の辺りの出来事を言いたいんだろうな)

「いや、それ以上は言わなくて結構。私も野暮《やぼ》なことはしたくありませんのでね。ただ失礼ながら言わせてもらいますけど、近頃の薩摩さんのやり方を傍《はた》から見ていますと、どうしてもやり方が粗野《そや》というか、乱暴な気がしてならないんですよ。いや、怒らないで聞いて欲しいんですが、順聖院様ならもっと上品で丁寧《ていねい》になさるんじゃないか、と思うことが時々あるんですよ」

「はあ」

吉井の声は一段と小さくなった。

「だから、もし西郷さんでもいれば、順聖院様のようにはいかなくとも、せめてもう少し上品にできるんじゃないかと思うんですけどねえ」

「はい」

「何なら、私のほうから三郎様（久光）に手紙でも書いて、西郷さんの復帰をお願いしてみましょうか。三郎様とは知らない仲じゃないですし」

　麟太郎は安政五年に薩摩を訪問した際、斉彬から久光を紹介されていた。

「あ、いや、取り敢《あ》えず今日のところは結構でございもす。本日は色々とご教示頂き、誠に有難うございもした。また後日お伺いさせて頂きもす」

「はいはい。それじゃ、気を付けてお帰り下さい」

　吉井はあたふたと帰っていった。

（まずは、これくらいで相手の反応を見るとするか。うまくいけば、これで西郷が帰ってくる）

2

　文久四年一月、沖永良部島。島では、吉之助がそろそろ赦免《しゃめん》されるのではないかとの噂が流れていた。吉之助は奄美大島での潜伏《せんぷく》が終わり、一旦は本土に戻ってきたが、命令違反のために久光の逆鱗《げきりん》に触れ、まず徳之島へ、その後沖永良部島へと、今度は流罪《るざい》に処されていたのである。

　沖永良部に到着した当初、吉之助は戸外の格子《こうし》牢に入っていた。ところが吉之助の体の衰弱が激しく、生命の危険を感じた間切横目《まぎりよこめ》（検察と警察を行う）の土持《つちもち》政照が、自費で吉之助のために格子牢を座敷牢に作りかえ、ようやく吉之助は健康を取り戻したのだった。

土持は、自身が間切横目から与人（町長）へと昇進するにあたって、吉之助にそれらの職務の心構えを尋ねた。いつ召還《しょうかん》命令が来るか分からないので、吉之助の在島中に聞いておこうと思ったのであろう。その土持の質問に答える形で吉之助が認《したた》めたのが「与人役大躰《だいたい》」と「間切横目役大躰」である。両文書には吉之助の思想がよく表れているので、それぞれの要点を列挙《れっきょ》する。

「与人役大躰」では、人の長になる人は人民の心を得ることが第一であり、そのためには自身の私欲を除去《じょきょ》することが大事である。役人は、万民と楽しみも苦しみも共にし、万民のために尽くすことが天意に報いることである。すなわち万民の心が天の心であり、たとえ代官の命令であっても、百姓が苦しむのであれば、幾度も百姓の苦しみを代官に説明し、納得してもらえるように努めることが大事であるとする。

「間切横目役大躰」では、全体に罪人の生じないようにするのが横目役の本意である。横目役は深く用心して、諸役人による人民の扱い方の良し悪しなど、罪人が生じる原因を追究することが重要であるとする。

また、吉之助は前述の二書の他に「社倉《しゃそう》趣意書」という文書も作成し、社倉の設立を土持に説いている。この社倉とは飢餓《きが》対策や困窮《こんきゅう》者への貸与のために、住民が互いに穀物を出し合って貯《たくわ》えることである。

これら三文書の全てに、吉之助の民を愛する心がよく表れている。

3

二月、京。二条城で、麟太郎は長崎出張の命令を将軍後見職の一橋慶喜から受けた。出張の目的は、英仏米蘭四カ国による赤間関（下関）への砲撃を阻止《そし》するための交渉と、対馬へ渡って朝鮮情報の収集をすることであった。

昨年（文久三年）十二月二十八日に、幕府諸侯連合艦隊を編成して将軍家茂を乗せて品川を出帆した麟太郎は、一月八日に大坂に着いていた。

二月十四日に兵庫を出帆《しゅっぱん》した麟太郎は、坂本龍馬ら十四名の門弟も同行させていた。

麟太郎らの乗った船が豊後の佐賀関に着くと、そこから麟太郎らは陸路を取り、九州を横断して阿蘇《あそ》を越え、一路熊本を目指した。

「先生、なんで儂《わし》ら、豊後から歩かにゃならんのかのう？」

「なぜって龍馬、そりゃあ長州が馬関（関門）海峡を封鎖《ふうさ》しているからよ。危なくて通れねえのよ」

「けんど、仮にも軍艦奉行並様ご一行が陸路をとぼとぼ歩くなんて、格好《かっこう》悪いぜよ」

「ははは。まあ、しょうがねえよ。諦《あきら》めて歩きな。それとな、実は熊本に向かうのは、もう一つ大事な用があるのよ」

「何ぜよ」

「お前さん、横井小楠先生を知ってるよな？」

「はい」

「これから熊本に着いたら、是非小楠先生に会ってきてもらいてえのよ。っていうのはだな、今準備が進んでいる神戸海軍操練所や、これまでの海軍塾の出来事を先生に話してやって、これから作るべき海軍についての先生のご意見を聞いてきてもらいてえのよ」

「はい」

「できるだけ詳しく知りてえからよ、できれば文章にして紙に書いてもらってくれ。何日か掛かるようなら、後日長崎に送ってくれるように伝えてくれ。頼むぜ」

「はいはい、分かっちゅう」

「大事な用件だからな。龍馬、期待してるぜよ」

小楠は龍馬の話を聞いて、自分の考えを「海軍問答書」としてまとめ、長崎の麟太郎の下に送った。麟太郎がそれを受け取ったのは、約一カ月後の三月二十三日であった。

この「海軍問答書」において小楠が提唱《ていしょう》する海軍とは、幕府と諸侯とが一致団結した

「共和一致」の海軍であり、そこには既存の秩序は持ち込まず、身分にかかわらず能力次第《しだい》で誰でも一艦一軍の将になれるとする。まさに麟太郎が求めていた意見書であった。

4

元治元年二月（この年は二月十九日まで文久四年、二十日から元治元年）、沖永良部島。いつものように吉之助が自室で子供らに授業をしていると、聞き覚えのある声が聞こえてきた。声の主は、遠くから次第に近づいてくるようだった。

「兄《あん》さあー、兄さあー」

吉之助の弟で、西郷家の三男の信吾（後の従道《つぐみち》）だった。

迎《むか》えに来た一行は、座敷牢がある土持政照の自宅に上がり、この度の吉之助の赦免《しゃめん》と召還《しょうかん》について、久光からの命令を説明し始めた。

まず吉井が念を押した。

「吉之助さあ、今回は大丈夫でごわすな？」

「何《ない》がでごわす？」

「前回と違って、どうか今回は我慢して三郎様（久光）の下で働きやったもんせ」

「前回だって、おいは我慢して三郎様の下で働いちょったじゃねえか」

「いや、我慢ちゅうのは我《が》を殺して三郎様の意のままに動いてくれ、ちゅうことでごわす」

「そいは難しか。なぜなら、おいは亡き殿（斉彬）の御遺志を継《つ》ぐことだけを考えておいもす。じゃっどん三郎様では無理でごわす。三郎様では亡き殿の足元にも及びもはん。」

「まだ、そげなことを言《ゆ》うてるのでごわすか。じゃっどん、三郎様は小松さあや一蔵どんに助けられて、京より御勅使《ちょくし》に随行《ずいこう》して江戸に出府し、無事に幕政改革を成《な》し遂《と》げて、公武合体の推進に成功しておいもす。じゃっで、確かに亡き殿には及ばんかもしれもはんが、三郎様が亡き殿の御遺志を継ぐことは決して無理ではないと思いもす」

この頃既に大久保は、名を正助から一蔵へと改めていた。

「吉井どん、おはんは三郎様の率兵上京がほんのこて成功したと思うちょるんか。そりゃ、形振《なりふ》り構わずに遂行《すいこう》したお陰で、確かに目的は達成した。じゃっどん、京の寺田屋では同じ薩摩の仲間が何人も死に、武州生麦ではエゲレス人を無礼討ちにし、その結果鹿児島がエゲレスに砲撃され、ご城下の一部は灰燼《かいじん》に帰したと聞いちょる。まあエゲレス艦隊を追い払えたから良かったものの、今回の三郎様の野心に対する代償《だいしょう》はあまりにも高く付いたと、おいは思うちょる。じゃっで、おいは決して成功したとは思うちょらん」

「そいは」

吉井は久光率兵上京の際、勅使の大原重徳《しげとみ》卿の家来に山科兵部と変名して化《ば》けていた。だから久光による幕政改革の当事者の一人であったため、つい口ごもってしまった。

「じゃっどん吉之助さあ、そん亡き殿の御遺志も、薩摩を挙げての挙国体制であればこそ実現も可能だとおいは思いもす。一蔵どんも同じ考えでごわす。ならば、ここは何としても三郎様を擁《よう》する必要があるのでごわす。井伊を斬った桜田事変の頃とは違いもす。今日では、僅《わず》か数人で突出したところで何《ない》もできもはん」

「んんん」

今度は吉之助が口ごもってしまった。斉彬の遺志と言われると、どうにも反論できない空気が薩摩にはあった。とりわけ、斉彬を敬慕してやまない吉之助には効果絶大であった。

「吉之助さあ、どうかここは辛抱《しんぼう》しやったもんせ。大義のためには小義《しょうぎ》に拘《こだわ》らんで欲しか」

「よか。おはんに任せもす」

この沖永良部島からの西郷召還について、通説では薩英戦争で活躍した誠忠組の発言力が高まり、その結果、元々誠忠組の中にあった西郷崇拝《すうはい》によって西郷召還が実現したとされている。その際、誠忠組は久光に西郷召還を直訴《じきそ》し、訴えが叶《かな》わない場合は君前で切腹するつもりであったといわれているが、以前から筆者はこの説に違和感を持っていた。というのは君前での切腹という誠忠組の「覚悟」に、どこか狂気じみた感じを抱いていたのである。なぜ、誠忠組はそんなにまで思い詰《つ》めたのか。

この疑問に対して、以前より筆者は勝海舟による島津家家臣への扇動《せんどう》の可能性を考えてきた。この可能性を筆者は現在でも肯定的に考えているが、ここでは違った角度から考えてみたい。

それは島津斉彬の影響である。薩英戦争で薩摩は英国艦隊に勝つとはいかないまでも、撃退することができた。しかし、沿岸の台場から城下にかけて、英国艦隊の砲撃によって甚大《じんだい》な被害を被《こうむ》ったのであり、当時の薩摩の人々にはとても「撃退した」といった余裕はなく、「艦隊が去ってくれた」といった感想のほうが強かったと思われるのである。恐らく、一種の「奇跡《きせき》」と考えられたのではないか。

では、その「奇跡」を薩摩の人々はどう捉《とら》えたのか。それは、いうまでもなく「我々は順聖院《じゅんしょういん》様に守られた」と考えたと思うのである。実際、薩英戦争が起きる直前の文久三年五月十二日に斉彬に照国大明神の神号が下付《かふ》されており、戦争時斉彬はまさに「神」であった。

また軍事的にみても、斉彬時代に築造《ちくぞう》された砲台等によって英国艦隊を撃退することができたといえる。しかし、当時そのように冷静かつ科学的に考えることができたのはほんの一握りの人々であり、その他の多くの人々にとっては「人智を超えた」強い力、つまり順聖院様の「御神威《ごしんい》」によって薩摩は守られたのだと、信じられたと思うのである。

宗教や信仰が広まるのは、何か神憑《かみがか》り的な奇跡が起こった時といわれている。例えば、元寇の時に神風《かみかぜ》が吹いて元軍を追い払った（と人々に信じられた）ことによって、後に日本は神々に守られた「神州」であるという「神州思想」が国内各層に浸透《しんとう》していったのと同じである。従って薩英戦争を切っ掛けとして、薩摩の人々の斉彬への信仰が急激に高まったと思われるのである。

さらに斉彬の遺志に背くと神罰《しんばつ》や祟《たた》りがあるとまで、人々は考えたのではないか。なぜなら、作家の故海音寺潮五郎氏が唱《とな》えているように、当時から斉彬の死が良死ではなく毒殺された可能性があると考えられていたからである。

また斉彬の死が良死か否かを別にしても、斉彬は日本や薩摩の将来に関して大きな心残りを残して、自ら推進する事業の半ばで、いわば「非業《ひごう》の死」を遂《と》げたのである。しかも斉彬が生前に心血《しんけつ》を注いだ集成館事業も今は廃止され、また自分の血脈を受け継ぐべき六男の哲丸も、斉彬が死んだ翌年の安政六年に既に他界していたのである。従って、少なくとも斉彬の霊魂は薩摩の現状には大いに不満であろうという思いは、ほとんどの薩摩人が持っていたと思うのである。

日本には伝統的に良死でなかったり、強い心残りを残したりして死んだ人の魂は怨霊《おんりょう》になるという怨霊信仰がある。とりわけ、薩摩は呪詛《じゅそ》を行うといった兵道《ひょうどう》が盛んなことからも察せられるように、霊的な力を信じる傾向が比較的強い土地柄である。ましてや怨霊どころか、今や斉彬は「照国大明神」という神であり、その神威《しんい》は薩英戦争で遺憾《いかん》なく発揮された。特に、もし本当に斉彬の毒殺に加担した人がいればもちろん、それ以外でも、かつて斉彬の襲封や政治に反対したり、現在のように集成館事業を廃止に追い込んだりした反斉彬派の人々は、自分に照国大明神の神罰が下るのではないかと、本当に怯《おび》えたと思うのである。

そういった「怯え」は、むしろ薩摩の上層部にいくほど大きかったと思うし、決して久光も例外ではなかったと思う。故に薩英戦争後、集成館事業も再開されたのだろう。集成館事業の再開は決して科学的・軍事的な要請からだけでなく、そういった斉彬の祟《たた》りを畏《おそ》れる意味も、筆者はあったのではないかと思うのである。

従って、そのような集成館事業の再開と同じような意味合いで、西郷の召還も実現したと思うのである。斉彬が重用した西郷を用いないばかりか、絶海の孤島《ことう》に流して「死ね」といわんばかりの扱いをしていると、照国大明神の神罰が下るのではないか。そういった「斉彬信仰」の存在を考えると、誠忠組による西郷召還要求の久光への狂信的な直訴が計画されたり、あれほど西郷を嫌っていた久光の西郷召還への同意がなされたりしたのが、この薩英戦争後の時期であった理由が、より説得力を持って説明できると思うのである。

いや、そもそも久光が斉彬の遺志を継いで幕政改革に乗り出したこと自体、また西郷が死罪にならずに流罪になったことすらも、その時点ではまだ斉彬は「神」ではなかったが、それでも非業の死を遂げた斉彬の祟りを畏れての判断であった可能性もあると思うのである。

沖永良部島から鹿児島へ向かう船の中で、吉之助は吉井から現在の京や江戸の政局を教えてもらった。

「昨年の八月十八日の政変において、長州は我が薩摩と会津によって京を追われもした。じゃっで過激な攘夷は収《おさ》まり、公武合体が再び勢いを盛り返しておいもす。そん一環《いっかん》として三郎様（久光）や一橋公、春嶽公、宗城公、容堂公による参予《さんよ》会議が開催されたのでごわすが、どうにも一橋公の振舞《ふるま》いが傍若無人《ぼうじゃくぶじん》らしく、三郎様がよく嘆《なげ》いておられるそうでごわす。また、どうやら一橋公は井伊のように、幕府の権力を強化したい考えのようでごわす。そげな塩梅《あんばい》で、近頃では三郎様も参与会議への意欲を失っておられるようで、どうも御本心では鹿児島にお帰りになりたいとのお考えのようでごわす」

「そうじゃったか。じゃっどん、現在のような幕府の勢いが弱まっている中で、果たして公武合体や参与会議といった方向に向かって、ほんのこてよかか？　もう亡き殿の頃とは状況が大きく違う。あん頃は公武合体が最適だったと思うが、果たして今日、そいがほんのこて最適な対策かどうか、おいは甚《はなは》だ疑問に思うちょる。じゃっで亡き殿の御遺志も、今日の状況に適《かな》うかどうかを慎重に吟味《ぎんみ》して、今日のものに作り変えていく必要があるんじゃないかとおいは思う。じゃっどん、そげな大それたことが果たしておいにできるかどうか、どうにも自信はなかが」

「そいなら、いい御仁《ごじん》がおられもす。勝海舟といって幕臣でごわすが、アメリカ帰りの面白き御仁でごわす。何よりもこん御仁は亡き殿にもお会いになったことがあるらしく、おいが会いに行くと、よく亡き殿の話をしてくれもす。それがなかなか面白《おもしろ》うて、ついつい長居をしてしまうのでごわすが、今度吉之助さぁにも紹介しもんそ」

「勝、そいは勝麟太郎殿か？」

「そうでごわす」

「そん御仁じゃったら、確か亡き殿がおいにも話して下された。いつか紹介すると仰《おっしゃ》ったきり、殿は亡くなってしまわれたが」

とっさに吉之助の脳裏《のうり》に、かつての斉彬との思い出が蘇《よみがえ》ってきた。すると、急に吉之助の目頭が熱くなってきた。吉之助の異変に気付いた吉井は、息をのんで押し黙った。

「すまん。最近はあまり思い出すこともなかったんじゃが」

吉之助は斉彬を思い出すと、どうしても目頭が熱くなってしまうのだった。

二月二十二日、沖永良部島の和泊《わどまり》（地名）を経《た》った船は途中奄美大島の龍郷に寄り、吉之助は妻の愛加那と子の菊次郎と菊草《きくそう》とに会った。菊草とは、菊次郎より一歳年下の吉之助の娘である。また喜界島に寄って同じく遠島にされていた村田新八も乗船させたので、船が鹿児島に着いたのは二月二十八日であった。

その後吉之助が村田新八と共に京に着いたのは三月十四日であった。久光に拝謁《はいえつ》した後、吉之助は軍賦役《ぐんぷやく》に任命された。

5

八月、神戸。この年の五月に神戸海軍操練所の設置が布達《ふたつ》されたことに伴い、勝は神戸に滞在することが多くなった。操練所設置以前はただの漁村にすぎなかったが、次第に人々が集まり、神戸は港町として発展し始めていた。

そんな折《お》り、島津家家臣の吉井幸輔が勝の下を訪ねた。この頃までには、二人は幾度か会ったり手紙の遣《や》り取りをしたりしていたので、すっかり打ち解《と》けていた。勝は長崎出張から四月に帰り、この年の五月に晴れて軍艦奉行に昇進し、安房守《あわのかみ》を称していた。

従って、これより勝の名は「勝麟太郎」から「勝安房守」となるため、この小論においても、これ以降は「麟太郎」ではなく「勝」を用いることにする。

「ほう、吉井さんかい、どうしたい？」

「はい、来《きた》る長州攻めに関しもして、将軍家に早急にご上洛して頂けますよう、ご建白《けんぱく》を奉《たてまつ》ろうと考えており、そのご相談に参りもした」

「確か前にも教えたと思うけど、ご公儀《こうぎ》という大海原の中じゃ、おいらなんて頼りない一艘《そう》の小舟にしか過ぎねえのよ」

「はあ」

「いっその事、今京におられる一橋様にでも建白してみたらどうだい。そっちの線のほうがよっぽど有望だよ」

「そうですか」

「私の門弟の坂本と一緒に上京するといい。何かと相談相手にもなるし、剣の腕も立つから、いい用心棒《ようじんぼう》にもなるよ」

「そいは、ありがとうございもす」

「ところで西郷さんは元気かい。あんたが南の島まで連れ戻しに行ったんだって？」

「はい。島から帰ってきた直後はかなり弱っていもしたが、もう大丈夫でごわす。今では薩摩の押しも押されもせぬ顔役でごわす」

「そうかい、そうかい。そいつは良かった。しかし、一度会ってみたいもんだね」

吉井と一緒に上京した龍馬が、後日一人で神戸に帰ってきた。

「よう坂本、元気そうだな。で、京はどうだった？」

「先生、あしは西郷に会ってきちゅう」

「へえー、そうかい。それで、どんな御仁《ごじん》だった？」

「うーん。それが、よう分かりゃーせん」

「お前さん、西郷と会って話してきたんだろ？」

「はい」

「それで、何で分からねえんだよ？」

「それが、どうにも掴《つか》みどころがないというか」

「どういうことだ？」

「西郷は、礼儀正しく誠実に、あしとの会話の受け答えはしてくれちゅう。やけど、西郷の言葉は『はい』や『いいえ』ばっかりで、ほとんど具体的なことは話してくれんかった。あと大きな目と体で、黙ってあしの顔を見つめちょっただけというんが何回かあったぜよ」

「……」

「やけど、決してこちらを不愉快《ふゆかい》にさせるという訳ではないぜよ。とにかく、不思議な空気を持った男ぜよ」

「ふーん、なるほどねえ。そりゃ確かに、よく分からん御仁だな」

「いわば、少し叩《たた》けば少し響き、大きく叩けば大きく響く。もし馬鹿なら大きな馬鹿で、利口なら大きな利口、といったところでしょうな」

「ははは、そりゃ傑作だ。まるで山彦《やまびこ》みてぇな男だな」

(早くおいらも西郷に会って、大きく叩いてみたいもんだね)

6

九月十一日、大坂。老中の阿部正外《まさと》に呼ばれて神戸から大坂に来ていた勝の下を四人の武士が訪問した。その四人とは、島津家家臣の西郷吉之助と吉井幸輔、越前松平家家臣の堤五市郎と青山小三郎であった。

近々行われる長州征討において副総督となった越前松平家当主の松平茂昭《もちあき》が上京してきたのだが、肝心《かんじん》の総督が決まっていないことが不安であった。そこで、早急に総督を決めるためには将軍の上洛が必要だと考え、越前の二人が西郷らに勝に会うことを勧めてきたのである。征長軍に参加予定の薩摩としても、将軍上洛が必要との意見には賛成であった。

四人が待っている部屋に勝が入ってきた。

「初めまして、勝です」

「勝先生、お初にお目に掛かりもす。西郷吉之助でございもす」

(これは魁偉《かいい》な男だ。あの大きな目など、まるで吸い込まれるようだ。坂本の評も頷《うなず》ける。この男と正面きって渡り合える人物など、そう世の中にはおるまいな)

(切れそうな御方でごわすが、そいでいて落ち着きがあいもす。何よりも余裕があるように見えもす。口元など微笑んでいるようではごわはんか。こいは大した御仁でごわす)

二人は感慨深げに、しばらく見つめ合っていた。

「先生のお噂は、かねがね伺《うかが》っておいもす」

「私も貴殿のお噂を、今は亡き順聖院《じゅんしょういん》(斉彬)様より伺っておりました。今度、西郷という部下を紹介すると、順聖院様は仰《おお》せでした」

「亡き殿からでございもすか。随分と懐《なつ》かしい話でございもすな。実は拙者も、亡き殿から勝先生の御名前を伺っておいもした。近々紹介すると」

二人は一斉に笑い出した。

「すると、今日の我々の出会いは、亡き順聖院様のお導きって訳ですかい」

「そのようでございもす」

一気に雰囲気が和《なご》んだ。一呼吸おいて、勝が話し始めた。

「ところで西郷さん。あなた方薩摩は挙国一致で、順聖院様の御遺志を継ごうと努力しておられると伺っております。しかし、一昨年に三郎様が江戸に出府して幕政改革を断行し、その後、参与会議も召集されました。だから順聖院様の御遺志は、既に成就《じょうじゅ》しているんじゃないですか」

「じゃっどん参与会議は潰《つぶ》れてしまいもした。じゃっで、まだまだ道半ばでございもす」

「参与会議は所詮、殿様の集まりです。しかし殿様方は多かれ少なかれ我儘《わがまま》ですから、こうなることはほぼ分かっておりました」

「では勝先生は、どうしたらいいとお考えなんでごわす？」

「これは幕臣の大久保越中守らが唱えていることですが、殿様だけでなく陪臣《ばいしん》でも、何なら浪人までも、とにかくやる気と能力があって願い出る者を集めて公議会とし、そこで大いに議論を尽くした上で、国の政《まつりごと》を決めるようにするんですよ。西洋諸国は概《おおむ》ね皆、このような公議会を持っているそうです」

「陪臣や浪人までもでごわすか。そいはすごかことでごわすな」

「西洋では、これを『共和政治』と呼ぶそうです」

「じゃっどん、さすがに亡き殿といえども、そこまでは考えておられなかったのではごわはんか？」

側《そば》で聞いていた吉井が口を挟《はさ》んだ。吉井はこの日の会談以前より、既に共和政治と公議会については聞いていたので、西郷ほどの驚きはなかった。

しばらく考えていた西郷が口を開いた。

「実際に亡き殿は、当時、阿部老中や越前公、宇和島公などの賢明な諸侯と既に議論をなされておいでてごわしたが、陪臣や浪人とまではおいは聞いてはおいもはん。じゃっどん、亡き橋本左内さあは確かそのようなことを言っておいもした。じゃっで亡き殿も、越前公との親密さを考えれば、あるいはそのようなお考えをお持ちであったかもしれもはん」

「西郷さん、私はあなたにどうしても伝えておきたいんですが、確かに順聖院様の御遺志は尊いとは思います。ですが順聖院様は既に六年前に亡くなっておられます。だからあの方の御遺志も、いつかは古く、役に立たないものになります。いや失礼ながら、もう既に古くなっているものもあるかもしれません」

「――」

西郷は大きく目を見開いたまま黙っていた。確かに西郷も、島から戻って以来、それを考えていたのだ。

「だから、決して順聖院様の御遺志に縛《しば》られることなく、もし今あの方が生きておられたら、どうお考えになるかといったように、絶えず現在に照準《しょうじゅん》を合わせ、必要であれば修正していくことも重要だと私は思います」

「仰《おっしゃ》る通りでございもす。何やら目の前の霧が晴れて、すっかり視界が良くなったような心境でごわす。ほんのこて、ありがとうございもす」

「じゃっどん亡き殿の御遺志を修正したとして、そいをお国の三郎様に説明するのが難儀《なんぎ》でございもす」

吉井が心配そうに付け加えた。

「その辺りは、いずれまた御相談に乗りましょう。私も三郎様とは知らない仲でもありませんのでね」

勝はニヤッと笑ってみせた。

その後、征長軍総督は前尾張徳川家当主の徳川慶勝に決まり、西郷はその参謀となった。

西郷は、勝との出会いによって政局観を一変していたため、征長強硬派から穏健《おんけん》派に転じ、戦をせずに三家老の自刃をもって長州を恭順《きょうじゅん》させた。この働きによって西郷は天下に名を知られることとなった。

　ところが勝は、神戸の海軍塾に浪人や尊攘激派を抱え込んでいることや、幕府を公然と批判し、共和政治や公議会を提唱することが問題視・危険視され、元治元年十一月に軍艦奉行を罷免《ひめん》されてしまった。

　慶応元年九月、幕府は長州再征の勅許を得、翌二年一月に長州処分案が決まると、幕府は諸侯へ動員を命じた。しかし薩摩は、この頃成立した薩長連合をたてに長州への出兵を拒否した。一方勝はおよそ一年半の罷免期間を経て、二年五月に軍艦奉行に再任された。

　このように、この時期の両人は一方が中央政局の表舞台に立つと、他方が退くといった具合に紆余曲折《うよきょくせつ》を繰り返す。そうして二人は、共に晴やかな舞台に立つことになる、江戸城無血開城へと進んでいくのである。

第七章　江戸城無血開城

1

慶応三年頃、島津家家臣の有馬藤太《ありまとうた》が西郷を訪問した。有馬は西郷より十歳ほど年下で、西郷は彼をかわいがり、それで彼は西郷とともに戊辰戦争を戦った。

そんな西郷が有馬に、

「日本もいよいよ王政復古の世の中になり、おいおい西洋諸国とも交際をせにゃならんようになる。西洋では耶蘇を国教として、一も天帝、二も天帝というありさまじゃ。西洋と交際するにはぜひ耶蘇の研究もしておかにゃ具合が悪い。この本はその経典じゃ。よくみておくがよい」

（『私の明治維新』有馬藤太　上野一郎編　産業能率短期大学出版部）

と彼に二冊ものの漢文の書物を渡した。これが漢訳の聖書であったという。

「西洋と交際するにはぜひ耶蘇《やそ》の研究もしておかにゃ具合が悪い」と人に説くくらいであるから、恐らくこの頃から西郷は聖書を読んでいたのであろう。

慶応三年十月十五日、第十五代将軍徳川慶喜が朝廷に政権を返上した「大政奉還」が勅許された。従って、これとほぼ同時期に薩摩と長州に発せられた「討幕の密勅」は、無意味なものになってしまった。

しかし、慶応四年一月三日に勃発した鳥羽・伏見の戦いによって戊辰戦争が幕を開け、緒戦《しょせん》で幕府軍は敗れ、早々に将軍慶喜は幕府軍を大坂に残したまま海路江戸に帰ってしまった。その後「慶喜追討令」が発せられたため、新政府は有栖川宮熾仁《ありすがわのみやたるひと》親王を大総督とした東征大総督府を設立した。西郷はその参謀として東征軍を率い、東海道を一路、江戸を目指して進軍を開始したのである。

慶喜の帰府後、勝の昇進は加速した。一月十七日に海軍奉行並、二十三日には陸軍総裁へと進み、二月二十五日には軍事取扱に任命された。これまで海軍畑を歩んできた勝がいきなり陸軍総裁となったのは、どうやらフランスと手を切りたいという慶喜の意向が働いたようである。当時幕府陸軍はフランスに指導されていたのである。

一方慶喜は朝廷に対して恭順する意志を固め、寛永寺大慈院に蟄居《ちっきょ》することになった。

慶応四年三月。官軍は駿府まで進軍していたが、そこに幕臣の山岡鉄舟が訪れて西郷と面会した。山岡は勝から託《たく》された手紙を西郷に渡した。その手紙を筆者が現代語に訳して記載する。


今官軍が江戸に迫っていますが、君臣が謹んで恭順の意を示しているのは、徳川家の士民である以前に皇国の一民だからです。現在の日本のおかれている状況は、以前とは異なり、内戦をしているよりは外国の侵略を防ぐことに集中する時です。そうは言

っても、江戸は道路が四方八方に繋《つな》がっているので士民が数万も往来し、中には不届きな者もいて、我が主君、慶喜の意を解さなかったり、あるいはこの大変革に乗じて無法な行いをしたりする者もおります。このような不届き者、無法者らの鎮撫に全力で尽力したとしても、最終的には効果が無く、たとえ今日は無事であっても明日どうなるかは分からず、私、勝も鎮撫に殆《ほとん》ど力が尽き、手を下す手段も無く、戦乱が起こったら空しく飛弾の下での憤死を決行するしかないと考えております。しかしながら、もし和宮様に不測の事態が発生した場合、頑固に思い詰めた民衆や無頼の徒がどんな大変事を起こすかもしれないということを、日本国内に向けて発表しようかと日夜焦慮《しょうりょ》しております。恭順の姿勢を破ってしまうかもしれませんが、頑固な民衆や無頼の徒に対する統御の手段がないことをどうしましょう。だから東征軍参謀の皆さん、良くその情実を詳《つまび》らかにして、その条理を正すようにして下さい。かつ百年の公評を以って、死後に正当な評価が下ることを期待するだけです。ああ痛ましい。皇国の存亡を憂《うれ》う気持ちを持つ者が少ないことを、私、勝は悲嘆して訴えざるを得ません。その御処置の如きは敢えて陳述する所ではありません。正しければ皇国の大幸、一点でも不正の御挙があれば皇国は瓦解《がかい》します。乱民賊子の名は千年の後まで消すことはできません。私が総督府に出向き、その情実を哀訴しようとしますが、士民が沸騰《ふっとう》し、半日も江戸を離れられません。ただ愁苦《しゅうく》して鎮撫《ちんぶ》しています。果たして苦労しても、その功績がないのを知っています。しかし、その志が達しないのは天命です。この期に及んで、何の疑いを持ちましょうか。

右の手紙を要約すれば、「外国に侵略される恐れがあるのに、今国内で内戦をしている場合ではない。江戸は往来が激しいので治安の維持が難しいが、もし和宮様にもしもの事態が起こったらと心配している。だから東征軍の皆さん、治安の維持をしっかりやって欲しい」となるであろう。

また、この手紙に添《そ》えて、以前に越前松平家家老の本多修理に託した手紙の写しも、山岡から西郷に渡された。以下に現代語に訳して引用する。この手紙も前掲の手紙同様、勝の日記に並んで記載されているものを筆者が現代語に訳したものである。

愚かな家臣である私が、思いを朝廷の朝臣《あそん》に伝えようとしても、我が身が有罪の小臣であるのを恐れて叶いません。天を仰ぎ、空しく黙って静止し、ただ臣節を全うして死ぬだけです。ですが、有罪・無罪を問わず、国家のために進言を尽くすのは、皇国の一民として今日在るからであります。平伏して思います。皇国が外国と交流を行うようになって以来、尊王や攘夷、開国や鎖国といった諸説が起こり、日本人同士で争い、このために死ぬ者は連年絶えませんでした。これは、転換すべき政策を転換せず、徒《いたずら》に鎖国という祖法を守ったためでしょうか。あるいはその政策の変革されるべき所が、遅々として変革されなかったためでしょうか。言論を統制したからでしょうか。

それらの争いの結果を考えれば、非常に過激であったけれども、尊王攘夷、開国、鎖国など様々な主義の者たちの情を察すれば、共に皇国を思う深い一念から発していたのであります。このために死ぬ者は、その深い怨念をどこに向ければいいのか。今日では我が徳川氏は朝廷に対して罪人となり、徳川の数千の家臣は、その主家の冤罪《えんざい》を愁訴《しゅうそ》しようとしても、その思いが遂げられません。既に日本人同士での戦いも始まっております。徳川の家臣たちは主家に対して忠義を以《も》って諌《いさ》めようとしましたが、既に数年前にその機会を逸してしまいました。今日になって悔悟して血涙を流しても、もうどうしようもありません。今我が主は、一人でその誤りを悔いて、天の裁決を仰ごうとしておりますが、朝廷の臣下である分をわきまえて、恥ずかしさのあまり断腸の思いがしてもどうにもならず、終《つい》には激怒しますが、日本人同士の紛争の根源は強固で制御できず、このために百万の民衆が、その災害から逃れられない情勢です。関東がこのような情勢であると聞いて、朝廷内でこれを笑う者は、戦略には長けていても、王者の政《まつりごと》として民衆を愛護しているとはいえません。数年前には、毛利家は領国である防長二国に封じ込められていた弱国であったのが、今や転じて強国となっています。ですので、関東も今日では弱者ですが、後日強者に転ずるかもしれません。また、日本人同士が戦っております。戦で死んだ者たちの恨みはどこに向けられたらいいのでしょうか。いわんや、これまでの主君を捨てて官軍に参加している者は、君臣父子で戦うということであり、このような選択をした者は、一時的に官軍が強かったことに恐れをなした臆病者であります。あるいは朝廷の尊厳を知って、官軍側についたのかもしれませんが、日本人同士の人心離散の基にならないかと内心心配しております。私のように哀訴《あいそ》しようとする者は家中に数百人おりますが、徒党を組んで強訴するのは我が主の意に反します。ゆえに私が代表して家中の者の思いを愁訴致します。また、戦争をして敗れることは恐くはありません。皇国のために一片の誠心を以って開き難い口を開き、明白にその情実を訴えます。願わくば高明至生の双眼を以って、了察、高評を仰ぐだけでございます。

この手紙の要旨は中ほどに書かれている、「既に関東で起こっている戦争は徳川家では制御できないので、このために江戸の百万の民衆が被災しようとしているから何とかして欲しい。関東がこのような情勢であると聞いて朝廷内でこれを笑う者は、戦略には長けていても王者の政として民衆を愛護しているとはいえない」であろう。後半部分が勝一流の皮肉になっている。

二通とも「江戸の治安を守ってくれ」と訴えているのは同じだが、その論拠《ろんきょ》は前者が「和宮の安全」で、後者が「江戸の民衆の安全」となっている。特に前者より後者の手紙のほうが、皮肉を交えたりして少し語気が強いと感じられるが、これも勝の愛民主義の表れであろう。

また、どうも勝の論法は上からの目線で、まるで東征軍を脅迫《きょうはく》しているかのようである。こういった勝の一面は、師であり、また年上の義弟でもあった佐久間象山と相通《あいつう》ずるものがあるように筆者には思われるが、いずれにせよ、これらの手紙から勝の執念が伝わってくるかのようである。その西郷に向けた勝の執念とは、このようなものであろう。

（頼む西郷。どうか、これらの手紙に目を通して目覚めてくれ。今我々がすべきことは何か。我々が本当に倒すべき相手は誰なのか。間違っても、今江戸城を攻撃して無辜《むこ》の民を苦しめちゃいけねえよ）

前掲の手紙を読んだ西郷は山岡に江戸城無血開城の条件を示し、山岡はその条件を江戸に持ち帰った。その条件とは以下の七つであった。

（一）徳川慶喜の身柄は備前池田家へお預けとする。
（二）江戸城を官軍に明け渡す。
（三）軍艦を官軍に引き渡す。
（四）武器を官軍に引き渡す。
（五）江戸城内に居住している家臣は向島に移住する。
（六）徳川慶喜の妄挙《もうきょ》を助けた家臣を厳罰に処す。
（七）更に暴挙に及ぶ者があれば官軍が鎮圧する。

いうまでもなく幕府側が最も抵抗したのは、（一）の慶喜の身柄についてであった。いくら備前池田家当主の池田茂政《もちまさ》が慶喜の実弟だとはいっても、あくまで備前池田家は西国諸侯の一つであるので、ここに慶喜の身柄を預けるということは、慶喜の生殺与奪《せいさつよだつ》の権を新政府側に握られることに等しかったからである。

また江戸城を明け渡すことは仕方がないにしても、軍艦や武器を全て引き渡してしまう事は、徳川家の取潰《とりつぶ》しにも発展し兼ねない重大事であった。従って（三）（四）も、やはり安易に受諾《じゅだく》できるものではなかったのである。

結論をいうと、慶喜は水戸徳川家預けとなり、また軍艦や武器も、榎本武揚《えのもとたけあき》による艦隊の脱走や、歩兵奉行の大鳥圭介による陸軍の脱走に象徴《しょうちょう》されるように、全てが引き渡されはしなかった。この点、勝の交渉術が長《た》けていたといえよう。

2

これらの七条件を踏《ふ》まえ、勝と西郷は江戸の島津家の屋敷で、三月十三日と十四日の二日間に渡って会談した。以下の会話は、あるいはこのような会話もなされたかという筆者の想像である。

ここまで読んで下さった読者の方々はもうお分かりだと思うが、この小論は伝記ではないので、細かく歴史的事実を列挙していくというスタイルを取っていない。それよりも、この小論はあくまで勝と西郷がそれぞれ何を考え、お互いがどのように影響しあったかを追究することを目的としている。しかし、このようなことは往々にして中々事実としては証明できないものである。その意味で、時に筆者の想像を交《まじ》える必要があることを、ここで改めて申し上げておきたいと思う。

「西郷さん、我々幕府は、長いこと朝廷から預かっていた大政を奉還しました。だから正確にはもう幕府はない。あるのは一大名としての徳川家だ。そして今、徳川家は恭順の意を示している。それなのに、なぜ薩長はまだ徳川を攻めようとするんですか」

「勝先生、恐れながら『一橋公を追討せよ』との勅《ちょく》がございもす」

「しかし戦をすれば、何の罪もない民が苦しむんですよ。また、この機会に外国がこの国を侵略し始めるかもしれません」

「致し方ございもはん。俺共《おいどん》には、できるだけ早く戦を終わらせることしかできもはん」

「それは、明らかに薩長の『私』です」

「ないごてでごわす」

「私怨による戦だからです。あなた方の行動は、長らく自分たちを支配してきた徳川への恨みを晴らそうとしているに過ぎません。無辜《むこ》の民への慈しみがない。だから『私』だと言ったのです」

「しかし徳川を滅ぼさんことには、新しい世の中は作れもはん」

「徳川だけを倒したところで、世の中は大して変わりませんよ」

「――」

西郷は、大きな目を一層《いっそう》見開いた。

「たとえ徳川を倒しても、徳川の代わりに薩長が納《おさ》まるだけなら、何にも変わりません」

しばし静寂《せいじゃく》の時間が流れた。

「いつか、確か四年前でしたか、大坂で初めて貴殿と会った時、私は共和政治の話をしましたよね」

「はい」

「その線に沿って参与会議が開催されました。しかし、我儘《わがまま》な大名が数人集まったところで、何にも決められやしない。案《あん》の定《じょう》、参与会議は短期間で終了しました」

「……」

西郷は黙って頷《うなず》いた。西郷の脳裏に初めて大坂で勝と会った時の場面が思い出されてきた。その時は側《そば》に親友の吉井幸輔や、越前松平家の堤五市郎や青山小三郎がいた。わずか四年前なのに、かなり昔のような気がした。

「だから、これからは真の共和政治、すなわち大名だけではなく陪臣から浪人に至るまで、いや最終的には百姓や町人に至るまで、あらゆる人々が参加する公議会を設け、そこで決められた公論をもって政《まつりごと》を行うのです」

「――」

　西郷が驚いた表情を見せた。

「西洋諸国は既に、そのようなあらゆる身分からなる公議会を持っています。また長州では、あらゆる身分の兵士たちから構成された『奇兵隊』という軍隊を組織しているらしいじゃないですか」

「はい」

「そのような公議会を作るには、まず何をしなければならないか。それは大名や侍、百姓、町人といった身分をなくさないといけないんじゃないですか。そうしなければ、それらの人々が一緒になって議会を作ろうとしたって、まともな議論もできないじゃないですか」

「仰《おっしゃ》る通りでごわす。では先生は、俺共《おいどん》にどうしろと仰るのでごわす？」

「先ほども言ったように、もし今、徳川を倒したら、徳川の代わりに薩長が納まるだけですから、何にも変わりません。だから、今は徳川を残すのです」

「ほう」

「然《しか》る後《のち》、ある時一斉に、徳川から島津、毛利、山内などに至る全ての大名や侍といった特権階級を、消滅させるのです」

「具体的に、どういうことでごわす？」

「具体的なことは、まだ私にも分かりません。どうやってそれをやるのか。それは、これから皆で決めていけばいいことです。しかし今、徳川を倒して薩長が天下を取ったら、所詮《しょせん》島津幕府か毛利幕府ができるだけです。公議会なんて夢のまた夢になってしまいます」

「んん」

西郷は考え込んでしまった。大名や侍をなくすとはどういうことか全く分からなかった。

「西郷さん、今は難しく考えてはいけませんよ。むしろ頭ではなく、心で感じるものを大事にしたほうがいいでしょう」

「は?」

「例えば、貴方《あなた》は奄美大島などの南の島に、およそ五年間流されていました。その間、貴方は薩摩の圧政の下で苦しむ島民の姿を嫌《いや》というほど見てきたはずです。サトウキビ栽培に酷使《こくし》される悲惨《ひさん》な島民の姿を」

「はい」

「私も、アメリカからの帰りの航海でハワイに寄った時に、サトウキビ栽培で酷使される現地人を見ました。しかし西郷さん、サトウキビってのは実に因果《いんが》な植物ですなあ。あの扱いは酷《ひど》い。サンフランシスコで私が見た黒人奴隷だって、あんな扱いはされていませんでしたよ。貴方はああいう現実を見て、何を感じました?」

西郷の脳裏に、奄美大島や徳之島、沖永良部島の惨《みじ》めな島民の姿が蘇《よみがえ》ってきた。特に奄美大島から帰鹿《きか》する際に、妻子を残していくことに対して現地の教え子から言われたことが思い出された。奴隷として生まれてくる者や、一生ずっと島で暮らして鹿児島には行けない者がいる。決して人間は平等じゃないと。

いつしか西郷の目には涙が溢《あふ》れていた。それは西郷の気持ちを代弁する雄弁《ゆうべん》な涙だった。

「すんもはん。島を思い出すと、つい」

「いや、こちらこそ申し訳ありません。どうやら辛《つら》いことを思い出させてしまったみたいですな。どうか、ご容赦《ようしゃ》下さい」

「……」

尚も西郷は無口だった。

勝は自身も薩摩に行ったことがあり、また薩摩人との交際も多いので、薩摩と西郷の事によく通じていた。

「それだけではありません。確か貴殿は、農政がご専門でしたな」

「はい。若い頃は薩摩の各地の農村を歩き、民百姓の世話をしていもした」

「ならば貴方はそこで見たはずです。薩摩の政庁から虐《しいた》げられ、満足に食べる物もない哀《あわ》れな百姓衆の姿を」

咄嗟《とっさ》に、西郷は薩摩の様々な農村の光景を思い出した。ある農家では食べる米がなく、栄養失調のため身籠《みごも》った妻は流産した。借金のため明日手放さねばならない牛に、夜中に泣きながら謝《あやま》っている百姓もいた。そんな苛政《かせい》によって、薩摩の農村では百姓が逃散《ちょうさん》してしまい、廃村のようになってしまった村が幾つもあった。かつて西郷は、そんな農村の窮状《きゅうじょう》を斉彬に訴えたこともあった。

「そういった哀れな民を、どうか第一に考えてやって欲しいんです。以前にある薩摩の人から聞いたんですが、あの順聖院様《じゅんしょういん》（斉彬）も『民富めば君富む』と仰《おっしゃ》っていたらしいじゃないですか」

「はい。おいはそん御言葉を亡き殿から直接は聞いておいもはんが、人づてには聞いておいもした。とにかく亡き殿は民に対して、とても情け深い御方でおわしもした」

巨漢の西郷がしんみりとしている姿は少し滑稽《こっけい》であった。勝は、これ以上西郷を責めるのも気の毒だとは思ったが、もう一つ駄目《だめ》を押した。

「まだありますぞ。長きに渡って城下士に馬鹿にされ、見下されてきた哀れな郷士たち。土佐も凄いらしいが、薩摩もその辺りの差別は厳しいらしいですな。そんな状況を見て貴方《あなた》は何もお感じにはならないんですか？」

「そいは」

この点、西郷は自分が城下士だったので、今までさほど気にはしていなかった。しかし、城下士が郷士（外城士）にどのような差別を行っているかは知っていた。だから西郷は、完全に勝に一本取られた形となり、即座に返答することができなかった。

「今は、そのような矛盾《むじゅん》に対して憤《いきどお》る気持ちを、どうか大事にしておいて下さい。そう遠くない将来に、必ずその矛盾を正さなければならない時がやって来ると思います」

頃合《ころあ》いを計ったかのように、勝が静かに訊《き》いた。

「では西郷さん、今回の江戸城総攻撃は止《や》めて頂けますかな？」

「分かりもした」

西郷は別室に控《ひか》えていた村田新八と中村半次郎（桐野利秋）に対し、三月十五日に予定していた江戸城総攻撃は中止にする旨を伝えた。

その後、四月十一日に江戸城は無事に無血開城された。

以上の勝と西郷の会談には、「薩長の私」、「身分のない平等な社会」、「愛民主義」などが盛り込まれている。どれも勝から西郷へ伝えられた重要な要素だと筆者は考えている。

特に筆者が強く感銘《かんめい》を受けるのは勝の愛民主義である。それは、勝が『氷川清話』において「尊王心と愛国心とが一致しないと、尊王の実《じつ》は挙がらないヨ。（中略）人民を離れて尊王を説くのは、そも〳〵末だワイ」と主張していることからも分かる。また勝の手紙や上書に、頻繁《ひんぱん》に「無辜の民」や「塗炭《とたん》の苦しみ」といった言葉が見られることからも窺《うかが》える。

一方の西郷も、こと愛民主義については薩摩で農政を行っていた頃からの筋金入りであり、決して勝から教えられた訳ではない。いや、むしろ薩摩や南方の島々で直《じか》に民衆の「痛み」に触《ふ》れたという意味では、勝よりも西郷のほうがこの分野の見識は勝っているかもしれない。

この二人の愛民主義をみて、結局「愛国心」というのは「愛国民心」、つまり「国民を愛する心」だと捉《とら》えるべきではないかと筆者は思っている。

前述のような会話が、この時点で二人の間で交わされたかどうか定かではない。ただ、どこかの時点において勝と西郷の間で、このような会話が交わされたのではないかと筆者は考えている。筆者は、江戸城無血開城、廃藩置県、西南戦争を西郷の「三大決断」と捉《とら》えているが、前述の会話はそれらの決断の基盤となるものなので、敢《あ》えて三つの出来事の前にもってきたのである。

ちなみに勝と西郷が直に会ったのは、この三月十三日、十四日の会談以後は、江戸城明け渡しの前日の四月十日に池上本門寺で会った可能性もあるが、十日の勝の日記には西郷の名は記載《きさい》されていない。従って、この両日の会談の次は、勝の日記によれば明治四年の九月十五日になってしまい、一気に廃藩置県の後になってしまうのである。

3

六月、江戸。勝の邸宅を米沢上杉家家臣の宮島誠一郎が訪れていた。宮島は幕末時には奥羽越列藩同盟において重要な役割を果たし、明治維新後には憲法制定や議会開設の建白《けんぱく》を行い、またアジア主義団体である興亜会《こうあ》の設立にも関わった人物である。勝より十五歳年下であった。

既に東北諸家と新政府との間で戦争が始まっていたが、宮島は戦争終結に向けた建白書を新政府に提出すべく、その相談をするために勝を訪問したのだった。宮島が持参した建白書を一読した後、勝が評した。

「まあ、だいたいこんな感じでいいんじゃないか」

「はい」

「だけど、今江戸でそれを提出するのは止めたほうがいい。今西郷も海江田も江戸にはいない。いるのは三条をはじめとする悪党ばかりだ。薩摩の奴らはわりと話が分かるが、長州の奴らにでも持っていったら、逆に拗《こじ》れるだけだ。世良《せら》の一件もあるしな」

海江田とは島津家家臣の海江田信義であり、かつての有村俊斎である。

奥羽鎮撫総督府下参謀の長州毛利家家臣、世良修蔵《しゅうぞう》は会津の謝罪嘆願《たんがん》を拒否し、また他にも傍若無人《ぼうじゃくぶじん》な振舞《ふるま》いがあったとして、仙台伊達家と福島板倉家によって捕らえられて斬首された。この一件が、事実上の東北戦争の発端《ほったん》となっていた。だから世良という名は、東北の人々にとっては蛇蝎《だかつ》の如く忌《い》み嫌うべきものとなっていたのである。

もちろん、宮島も例外ではなかった。世良と聞いて宮島の顔は蒼《あお》ざめた。

「世良は殺されて当然の男です。奴は、武士の一分の何たるかが分かっていませんでした」

「そりゃそうだが、しかし即座に殺すというのはどうかねえ。捕らえて監禁しておいたほうが、色々使い道があったと思うがねえ」

「……」

宮島は無言のままだった。勝の意見を否定できないことが悔しかった。

「どうか怒らんで聞いて欲しいんだが、そういうふうに短絡的《たんらくてき》に行動してしまうことが、奥羽に人材が乏しいということを証明してしまっていると私は思う」

「勝先生、そんなことはありません。そんな……」

「まあ黙ってお聞きなさい。時には冷静に自己分析することも必要だ。例えば会津にしたって、必要な人材を登用しているかい？　登用どころか、逆に必要な人材を退《しりぞ》けてしまっている。西郷頼母《たのも》しかり、秋月悌次郎《あきづきていじろう》しかり、神保修理しかり。今になって西郷や秋月を政《まつりごと》に戻したらしいが、もう遅い。覆水《ふくすい》盆に返らずだ。だけど彼《か》の者らが一貫して政に携わっていたら、今頃こんなことにはなっていなかったかもしれないよ」

「西郷頼母殿はともかく、秋月殿や神保殿の件は、将軍様（慶喜）のご意向だったと伺《うかが》っています」

会津松平家家老の西郷頼母は、会津松平家当主の松平容保が京都守護職に就任するのに反対し、国政から遠ざけられた。秋月は文久三年八月十八日の政変の頃に会津の公用方（外交官）として活躍していたが、慶応元年頃に一橋慶喜の命によって左遷されたといわれている。また神保修理は鳥羽・伏見の戦いで指揮を執《と》っていたが、この戦の敗戦と、その後の慶喜と容保らの戦線離脱とを招いたとして、会津松平家中の強硬派の意見によって切腹させられた。神保の切腹は、この勝と宮島の会話の時点からほんの四カ月前の出来事であり、勝自身も旧知の神保の助命に動いていただけに、やはり慚愧《ざんき》に堪えないものがあった。

「それに比べて西国諸侯を見てご覧よ。薩摩や長州は、今や下級武士たちが実権を握って政《まつりごと》を動かしている。薩摩の西郷や大久保、長州の松下村塾出身者たち、皆そうだろう。また春嶽公の越前松平家なんか、わざわざ肥後細川家から横井小楠を連れてきて政治顧問にしている。つまり、どの家も人材の登用に懸命だし、そういう家は決して方向を誤らないと私は思うよ」

「――」

宮島は憤然として黙っていた。

一呼吸おいて、再び勝が続けた。

「その一方で、逆に会津は不必要な人材を登用した。新選組だよ。結局あいつ等はただの殺し屋じゃないか。池田屋事件だって、何もあんな闇雲《やみくも》に殺す必要はなかったと思う。あの殺された者たちの中には、将来有望な人材も大勢いたはずだ。今の奥羽の危機は、その遠因はあの池田屋だったと私は思う。あの事件から長州の会津への怨念《おんねん》が発生し、報復《ほうふく》の連鎖《れんさ》が始まったんじゃないか。短絡的な人殺しは悲劇を生むだけだよ」

池田屋事件で死んだ者の中には、勝が主宰《しゅさい》する神戸海軍操練所に所属する土佐出身の望月亀弥太《かめやた》もいた。

「しかし勝先生。お言葉ですが『報復の連鎖』という解釈ですと、今回の官軍による会津攻めは、単なる『私怨による戦い』という事になるんじゃないですか」

「いかにも」

「では官軍に正義はないじゃないですか」

「そうだが、会津にもない」

「なぜですか？」

「民の事を全く考えていないからさ。私にいわせれば、民を苦しめる軍なんて皆賊軍さ」

「……」

宮島は押し黙り、考え込んでしまった。

「それに、そもそも宗家の将軍家が恭順してるんだぜ。それなのに臣下の会津が反旗を翻《ひるがえ》す。これじゃ、将軍家の立場まで悪くなり兼《か》ねないじゃないか」

「じゃあ、勝先生はどうしろって仰《おっしゃ》るんですか！　鳥羽・伏見の戦いで伊勢藤堂家や淀稲葉家が裏切って味方に発砲したように、今奥羽のどこかの家が真の勤王はこれだと言って、味方に発砲しろとでも仰《おっしゃ》るんですか！」

宮島が遂に爆発した。

(小僧、よく食らいついてきやがる。が、俺も少し言い過ぎたかな)

一瞬、勝もカチンときたが、すぐに冷静になって宮島に歩み寄った。

「宮島さん、分かったよ。今夜はお互い、腹を割ってゆっくり話そうじゃないか」

「はい」

宮島はこの日勝家に泊まっていった。この日の口論でお互いを認め合ったのか、特に明治以降、勝と宮島は親密に交際するようになっていった。

4

明治元年十二月、駿府。大久保一翁の屋敷を一人の男が訪れていた。九月八日より、世は既に明治となっていた。大久保は元治二年(一八六五年)の二月に隠居《いんきょ》して以来、一翁と名乗っていた。

男は中村敬太郎という旧幕臣で、正式な名は「正直《まさなお》」、号を「敬宇《けいう》」と称した。元々は儒者であったが留学生の取締として渡英し、帰国後にサミュエル・スマイルズの『セルフ＝ヘルプ』を翻訳した『西国立志編』や、ジョン・スチュアート・ミルの『オン・リバティ』を翻訳した『自由之理』を出版した。静岡学問所で教授を務め、後に上京して同人社を設立した教育者でもあった。また西洋文明、特にキリスト教に多大な関心を持ち、明治七年に受洗してキリスト教の信者になっている。中村はこの明治元年には三十七歳、実に一翁より十五歳若い、理想に燃える新進気鋭《きえい》の学者であった。

「今、榎本たちはどうなっているのでしょうか？」

「箱館の五稜郭《ごりょうかく》に立て籠《こ》もっておるそうだ」

「では徹底抗戦ですか」

「恐らくは」

「確かに榎本たちの気持ちは分かりますが、しかし上様（慶喜）は恭順なされて、現在謹慎中なのですぞ。それなのに、こともあろうに臣下が主君の意向に背くとは」

「まあ、まだ戦争が始まった訳ではなかろう。雪国ゆえ、政府軍はどうやら来年まで雪解《ゆきど》けを待つつもりらしい。だから、それまでに和平が成立するかもしれん。勝と西郷さんが行《おこな》った江戸城無血開城のようにな」

「だといいんですが」

「ところで、今日は何の用かな」

「実は、これを読んで頂きたいのです。畏《おそ》れながら、私の英国外遊の成果でございます」

中村は懐《ふところ》から数枚の紙を取り出して一翁に見せた。

「敬天愛人説……」

すぐさま一翁は紙に書かれた文字を読み始めた。中村が書いた『敬天愛人説』はさほど量が多いものではなかったので、ほとんど手紙を読むようなものであった。

「うーん、天を敬し人を愛す。いい言葉だが、不思議な言葉でもある。儒教のようでもあり、耶蘇《やそ》教のようでもある」

読み終えると一翁は空を見上げ、まるで独り言のように呟《つぶや》いた。

「はい。私も、この言葉には二つの教えが共存していると考えております。だからこそ、普遍性《ふへんせい》を持っているのではないかと」

「万邦同意《ばんほうどうい》か。なるほど、確かにこの言葉には一つの宗教には収まり切らない、広がりが感じられるな」

「はい。そこで、この『敬天愛人説』を世に発表するにあたり、これが耶蘇教からの引用であるとして拙者が太政官政府よりお咎《とが》めを受けないか、是非大久保様のご意見を伺いたいのですが」

「たとえ耶蘇教からの引用があったとしても、このような言葉が儒教にも存在するのは周知の事ゆえ、さして問題があるとは思えぬ。また仮に容疑《ようぎ》を受けようとも、その疑いは容易に晴らすことができよう。それとも、もし時間があるなら少し考えさせてはもらえんだろうか。二、三日考えた上で、貴殿に儂《わし》の意見を伝えたいのだが」

「分かりました。宜《よろ》しくお願いします」

ここまで一翁や中村が心配するのは、世が明治となっても相変わらずキリスト教は禁止されたままであり、例えば「浦上四番崩れ」で捕縛《ほばく》された信徒たちも、他領への流罪とされていたからである。

数日後、「何らの嫌疑《けんぎ》もかからないだろうから、使用しても構わないのではないか」という趣旨の一翁からの返事が中村の下に届いた。

第八章　新しい世の中

1

明治二年十一月、東京。勝は島津家の屋敷で島津家家臣の村田新八と会っていた。村田新八は天保七年（一八三六年）に生まれ、西郷より八歳年下であった。幼い時より西郷に兄事《けいじ》し、幕末時には西郷と共に志士活動に奔走《ほんそう》した。西郷が久光の逆鱗《げきりん》に触れて徳之島（後、沖永良部島に変更）に流された際には、当時西郷に同行していたため、同時に村田も喜界《きかい》島に島流しにされている。

従って、村田は幕末時に西郷と共に過ごした時間が長く、そのためか西郷も村田を信頼して高く評価し、西郷は「村田新八は、智仁勇の三徳を兼備したる士なり。諸君宜しく斯人《しじん》を模範と爲《な》すべし」（『西南記伝　下二』黒龍会編　原書房）と周囲の人間に話し、西南戦争においては軍議の度《たび》に「新八の在らざる乎《や》」（同上）と初めに諸将に訊《き》いていたという。また勝海舟も村田を「大久保に次ぐの人傑なり」（「追賛一話」『勝海舟全集　別巻二』勁草書房）として、村田の西南戦争における死を大いに悼《いた》んだといわれている。この勝の村田への追憶は、そのまま勝と村田との繋《つな》がりの深さを表している。浅からぬ繋がりがなければ、歴史上の人物ならともかく、同時代の人物の評価はできないと思うからである。

また勝が引き合いに出した大久保利通も、明治政府内において村田を自分の後継者として考えていたようである。

「こいは勝先生、ご無沙汰《ぶさた》しておいもす」

「久しぶり、元気そうだねえ」

「はい。とこいで今日はどのような……」

「例の鹿児島から来た二人の書生がね」

「確か、最上《もがみ》と種田《たねだ》でごわしたな」

「そうそう。彼《か》の者らが、静岡の一翁の家に寄宿《きしゅく》することになったらしい」

「そうでごわすか、そいは有難《ありがた》か。大久保先生の御宅《おたく》なら薩摩としては安心でごわす。どうか大久保先生にも宜《よろ》しゅう伝えったもんせ」

「恥ずかしながら、静岡には薩摩人を敵呼ばわりする馬鹿もいてね。いまだに俺や一翁まで、裏切り者だの臆病者《おくびょうもの》だのと言われる始末《しまつ》でね」

「その辺りも心配されて、恐らく大久保先生は二人の寄宿を引き受けて下さったのでごわんそ」

「まあ、そんなところだな」

当時静岡には静岡学問所があり、諸家から留学生が来ていた。しかし明治になってまだ日が浅かったこともあり、学生たちは旧幕時代の感情をそのまま引きずっている状況であった。

最上五郎と種田（種子田）清一は、薩摩から派遣された留学生であった。案の定、一翁から手紙が勝の下に届き、静岡学問所の旧幕臣の若い生徒たちが、二人を敵国の人間だと非難しているとの連絡があったのである。

西郷は戊辰戦争の後に帰鹿し、しばらく温泉に行ったり山で猟をしたりして休息していた。しかし明治二年二月、島津家当主である島津忠義が村田新八を従えて西郷を訪問し、政《まつりごと》に携《たずさ》わるよう求めたので、西郷は薩摩の参政《さんせい》となった。

明治三年六月、鹿児島。武村の西郷邸を山下龍右衛門が訪問した。山下は西郷よりひと回り若い島津家家臣で、戊辰戦争では西郷の下で働いたこともあり、西郷はこの若者の将来を嘱望《しょくぼう》していた。その西郷が四方山話《よもやまばなし》をした後で、しんみりと山下に語った。

「山下どん、四民平等になろうちゅう世の中に、小松さぁが京都の舞妓にできた子供に小松家を譲って、自分は華族さぁになろうと企《くわだ》てているそうじゃが、恐ろしか考えじゃ」

西郷は大きな溜息《ためいき》をついた。

島津家家老の小松帯刀《たてわき》は、誠忠組の同志として幕末には西郷や大久保らと奔走し、その功績を評価されて賞典禄《しょうてんろく》一千石が下賜《かし》された。新政府においては参与《さんよ》・外国事務掛や総裁局顧問、外国官副知事に任じられた。しかし、小松は生来《せいらい》あまり体が丈夫《じょうぶ》ではなかったらしく、世が明治となってからは次第に病気がちになり、明治三年の七月十八日に没している。

その死の前々月の五月二十七日に小松は遺言書を作成している。その遺言書の中に、下賜《かし》された賞典禄一千石の配分を、京都に住む妾《めかけ》である琴《こと》が生んだ安千代に八百石、国元の小松家に百石、正室の千賀《ちか》一代に百石とする、朝廷の御沙汰を受けて新たに安千代を立てて小松家を起こす、というものがあったという。これは国元の小松家とは別に、側室の琴との間に生まれた安千代に小松家を分立させ、賞典禄を分割配分したいということである。西郷が山下に語った言葉は、この事を差しているのであろう。

山下は自身の懐旧談《かいきゅうだん》（『日本及日本人』臨時増刊　南洲号）において、この西郷との会談を明治四年としているが、筆者は、それは山下の記憶違いだとして明治三年六月とした。前記の西郷の「華族さぁになろうと企てている」との言葉から、小松が生きている時の会話であることが窺《うかが》えるからである。従って、小松が遺言書を作成したのが五月二十七日、亡くなったのが七月十八日であるので、便宜上その間の六月とした。

また、この懐旧談が掲載された『日本及日本人』は明治四十三年の出版なので、およそ四十年前の出来事を振り返った懐旧談ということになる。故に、そのような昔を懐旧したのであれば、少々の記憶違いがあってもおかしくはない、と筆者は考えたのである。

それにしても、「恐ろしか考え」と零《こぼ》して大きな溜息をつくというのは、西郷のどのような心情の表れと取るべきであろうか。「小松よ、お前もか」といった絶望感の表明であろうか、それとも「しょうがないなあ」といった、多少愛のある達観《たつかん》の表れであろうか。

その後、西郷は太政官政府の求めに応じて明治四年の初めに上京し、参議として国政に携《たずさ》わる立場となった。

2

明治四年一月、静岡。村田新八は静岡の政庁の一室で、大久保一翁、勝海舟と相対《あいたい》していた。

「で、鹿児島のほうはどうなるんだい？」

「島津家当主の大隅《おおすみ》守様（忠義）と西郷さぁが東京に出てきもす」

「そうかい、遂《つい》に西郷さんが出てくるのかい。それにしても、よくあの人が承知したねえ」

「岩倉公と大久保さぁが鹿児島までやって来て、直《じか》に勅命を伝えもした。じゃっどん、今回の西郷さあは気合が入っておいもす。どうやら覚悟を決めたようでごわす」

「じゃ、もう西郷さんは東京におられるのですか？」

一翁が訊《き》いた。勝と一翁の二人が同席する時は、ほとんど勝が喋《しゃべ》り、たまに一翁が口を挟《はさ》むといった程度であった。

「いいえ、まだだと思いもす。上京する途中で山口と高知に寄って、御親兵《ごしんぺい》派遣の件を説明すると聞いておいもす」

「薩摩に加えて長州と土佐からも御親兵かい。じゃ、いよいよ政府が兵力を持つ訳だ。随分《ずいぶん》、政府は思い切ったことをしようとしていなさるんだねえ。いったい何を目指しているんだい？」

「さあ。おいには詳《くわ》しかこつは分かりもはんで」

勝は口元で軽く微笑んだ。

(仮に知ってても、ここじゃ言えねえよな。西郷が考えていることは大体察しがつくがな)

「ところで新八さんよ、昨年は我々静岡の書生の面倒を見てくれて、本当にありがとうよ。人見《ひとみ》も梅沢も喜んで静岡に帰ってきたよ」

人見寧《やすし》と梅沢鉄三郎は、ともに静岡から薩摩に派遣された留学生であった。

「いえ、俺共《おいどん》も何かと忙しくて、満足にお世話することができもはんでした。ほんのこて申し訳ございもはん」

「そういえば人見が、薩摩では西郷さんを狙う刺客《しかく》と間違えられたって笑っていましたよ」

話しながら一翁も微笑《ほほえ》んだ。

だが、勝は内心思った。

(いや、あの野郎は、初めは西郷を殺す気だったんだ)

勝が西郷宛ての紹介状を書いて渡した人見は、実は西郷を刺《さ》しに行ったのだと、後年勝は『氷川清話』の中で語っている。

「はい。そん件は本当にすまんことをしたと思っておいもす。恥ずかしながら、薩摩の二才《にせ》どもの中には、いまだに旧幕臣を目の敵《かたき》にする者もいるのでごわす」

「そりゃお互い様よ。静岡だって、薩摩の書生を敵国人だって罵《ののし》る馬鹿もいるんだからよ。そのせいで一翁さんの家に寄宿していた最上や種田も、だいぶ苦労したらしいじゃねえか」

「あ、うっかり忘れておいもした。お二人とも、昨年まで彼《か》の者らのお世話をして下さり、ほんのこてあいがとございもした」

「何の何の。麟太郎が指摘したように、あの二人にもいらん苦労を掛けてしまいました。それにもめげず、二人ともよく頑張って勉学に励んでいましたよ」

公式の場を除いて一翁は勝を、普段はかつてのように麟太郎と呼ぶことが多かった。

「そん二人が、『敬天愛人《けいてんあいじん》』という揮毫《きごう》と『敬天愛人説』という文章を、先日おいに見せてくれもした。敬天愛人とは、よか言葉でございもすなあ」

「あの揮毫は、儂《わし》が書いたものです。二人がどうしても欲しいとせがむからあげたんだが、いや、お恥ずかしい限りです」

そんな照れる一翁を見て村田は、一翁と西郷が重なって見えた。確かに誠実さや奥ゆかしさは両人とも相通《あいつう》ずるものがあった。

「この『敬天愛人』は、我が静岡徳川家家臣の中村敬太郎という学者が作った言葉らしい。もしお前さんもこの言葉に興味があったら、その中村に詳しく聞いてみるといい」

「中村というと、あの『西国立志編』を翻訳なされた、あの中村先生でごわすか？」

「ほう、お前さんは『西国立志編』を知ってるのか。もう読んだのかい」

「すんもはん。まだでごわすが、評判がよかと聞いておいもす。じゃっで、早く読みたいと思っておいもす」

『西国立志編』は、この前年の明治三年十一月に出版されている。

明治四年九月。九月三日に久しぶりに静岡から東京にやって来た勝は、十五日に西郷の住まいを訪れた。この頃の勝は、静岡と東京を行ったり来たりしていた。

「こいは勝先生、ご無沙汰しておいもした」

「しばらく静岡におりましたんで、失礼しました」

二人はしばらくお互いに見つめ合った。二人が最後に会ったのは慶応四年（明治元年）の江戸無血開城の頃なので、まる三年以上会っていなかったことになる。

(さすがに少し顔がやつれたな)

西郷を見ながら、勝はそう思った。

「そいで、例の件はいかがでごわすか？」

「太政官への出仕の件ですか？」

「はい」

「やはり、今は難しいと思います」

「ないごてでごわす？」

「恥ずかしい話ですが、静岡では今だに私を裏切り者や臆病者《おくびょうもの》と非難する者がいます。いや、そんな馬鹿どもの非難は何ら気になりませんが、しかし私が太政官に出仕するとなりますと、さすがに彼《か》の者らの不満が爆発する恐れがあります。奴らを刺激しないためにも、やはり今は辞退したほうがいいと思います」

「そうでごわすか。ほんのこて残念でごわす」

「申し訳ありません。しかし廃藩置県によって、私よりも今は貴殿のほうが、さぞお辛《つら》い立場だと思いますが」

既にこの年の七月十四日に廃藩置県が断行されていた。

「はい、そん通りでごわす。もちろん、元より三郎様（久光）のお怒りは覚悟の上でしたが、拙者への御批判ぶりが少々陰湿《いんしつ》で、いささか滅入《めい》っておいもす。こげんこつなら、戊辰の戦で死んでいたほうが良かったと思うことがあいもす」

（こいつぁ相当辛そうだな。いっそ三郎様が廃藩置県に反対し、挙兵してくれてたほうが良かったのかもしれねえな。そうすりゃ今頃西郷も、もっとすっきりしていただろう。もちろん万一、三郎様に西郷が敗れでもしたら、また世の中は旧幕時代に逆戻りだったがな）

「いや、私もそう思うことがありますよ」

勝が相槌《あいづち》を打った。多分に西郷に対して気を遣《つか》った感がある。

「しかし大したものですな。数百年続いた藩を、一瞬にして一滴の血を流すこともなく消滅させてしまったんですからな。先日もどこぞの外国人が、西洋では考えられない奇跡だと称賛していたそうですよ」

「勝先生から御教示頂いた通りにしているだけでごわす。武士を消滅させて、身分のない平等な社会を作るんだと。そういえば昔、橋本左内さぁや坂本龍馬どんも、そげんこつを話していたような気がしもす。こげんこつなら、もっとあん二人から詳しく聞いとくべきでごわした」

「確かに、左内も龍馬も早死でしたな。もし今二人が生きていれば、どれだけ日本の役に立つか分かりません。本当に惜しいことをしました。しかし西郷さん、確かに藩はなくなったが、まだ武士はなくなってはいません」

「はい。戊辰の戦にしろ今回の廃藩置県にしろ、あるいは戦が足らなかったのかもしれもはん。冷たい言い方のようでごわすが、流すべき時にある程度の血を流しておかないと、後々更に多くの血が流れることになるやもしれもはん。いつか、武士を消滅させるための大きな戦が起こるような気がしもす」

「そうかもしれません。ただ、武士を消滅させるといっても、必ずしも彼《か》の者らを殺す必要はありません。彼の者らを教育し、その意識を改革することによって、平和裏《へいわり》に消滅してくれれば、それに越したことはありません。左内と龍馬を考えても分かるように、安易に人間を殺してはいけません。何とかして、生かして活用する方法を考えるべきです」

「教育でございもすか。そいは良い案でございもす。やはり、どうしても勝先生に出仕《しゅっし》して頂きとうごわす。こうして直《じか》にお会いして、色々と教えて頂きとうごわす」

「ははは。まあ、今しばらく待って下さい。そのうち時期が訪れると思いますよ」

十一月、東京。木々の葉が色づき、やがて落ち葉として舞うようになる頃、村田新八が岩倉遣欧米使節団の一員として出発するのを前に、暇乞《いとまご》いのために勝邸を訪れた。

「出発はいつだって？」

「今月の十二日でごわす」

「もう、あと僅《わず》かだな。向うでは、何でも貪欲《どんよく》に見てくるといい」

「はい。そんつもりでごわす」

「本当は西郷さんも行って、色々と見てくるといいんだけどな」

「ははは。確かにおいもそう思いもすが、岩倉公や木戸公、大久保さぁに加え、吉之助さぁまで行くとなると、留守政府が回りもはんで」

「そりゃそうだ。で、お前さんは使節団が帰っても残って、遊学してくるんだろ？」

「はい、できればそうしたいと思っておいもすが、大久保さぁはあまりいい顔はしておいもはん」

「構《かま》うこたぁねえ。こんな機会は滅多《めった》にねぇんだから、決して妥協《だきょう》しちゃいけねえよ」

「はい」

「で、遊学先はどこなんだい？」

「フランスを希望しておいもす」

「そいつはいい。何といってもフランスはデモクラシーの本場だ。しっかりと学んできな」

「はい。こいまで、色々と有難うございもした。先生もお元気で」

勝の日記によれば、この十一月の一日と五日に二人は暇乞《いとまご》いのために会って、それ以後は会っていない。だから、恐らくこの時が二人の今生の別れとなったのであろう。

3

十二月、東京。勝は久しぶりに西郷邸を訪れた。この時期の政府は、既に岩倉具視や大久保利通といった実力者たちが使節団として旅立っていたため、参議筆頭の西郷の上役には太政大臣の三条実美がいたものの、事実上西郷政権であった。

「西郷さん、この度は一翁の我儘《わがまま》を聞いてくれて有難う」

「いえ、政府も一翁先生に対して配慮が足りなかったと思いもす。一度引退された方に、同じ役職をお願いすっとは。どうか一翁先生には西郷が謝っていたと伝えやったもんせ。じゃっどん、是非一翁先生や勝先生には政府に出仕して欲しかと思っておいもす」

大久保一翁はこの前年に静岡藩の権《ごん》大参事を辞《じ》して引退したのに、廃藩置県後、今度は静岡県の参事に任命されたのである。元より一翁に受ける気はなかった。

「それなら西郷さん、何とか我が旧主君（慶喜）の復権をお願いできないものだろうか。やはり、かつての主君が無位無官のままでは、どうにも我々は座りが悪い。ましてや、主君を差し置いて我々だけが仕官するなど、非常に難しいんです」

「やはり、そうでごわすか。いや先生のお気持は、ほんのこてよう分かいもす。おいも今一度、政府内で押してみもんそ」

「西郷さん、どうか宜しくお願いします」

「はい。とこいで勝先生。せっかくの機会ごわんで、一つ伺ってもよろしゅうごわすか？」

「どうぞ」

「先生は、耶蘇教《やそきょう》の扱いをどうなされたほうがいいとお思いでごわす？」

「例の浦上崩れの件ですか？」

「そうでごわすが、じつはつい先月にも、新たに伊万里《いまり》に潜伏《せんぷく》していた信徒が検挙されもした」

浦上崩れとは長崎の浦上で隠れ切支丹《きりしたん》が摘発された事件で、史上四回に渡って発生し、幕末の一八六七年（慶応三年）に発生したものが最後で、浦上四番崩れと呼ばれている。

しかし明治政府が捕らえられた切支丹を厳罰に処そうとしたところ、欧米各国からの非難と抗議が政府に寄せられたのである。

一方伊万里の件とは、明治四年十一月に潜伏キリシタン六十七名が伊万里県下深堀で検挙され、中央政府の指示なしに移送・投獄された事件である。この事件も即座に外字紙上で報じられ、同様に各国の非難と抗議を招いていたのである。

岩倉使節団派遣の大きな理由の一つは、旧幕時代に欧米各国と結んだ不平等条約の改正にあった。しかし、その条約改正交渉にあたり、これらの事件が交渉の行方に悪影響を及ぼすであろうことが十分に予想された。だから留守政府首班の西郷に、これらの宗教問題が大きく伸《の》し掛かってきたのである。

「なーに、黙許《もっきょ》することですよ。政治は宗教には関わらないほうがいいと思います。政治が人間の信仰心まで中々操《あやつ》れるものではありませんし、また無理に操ろうとすると大量の血を見ることにもなりかねません。以前長崎にいた頃、オランダ人の教官から聞いたんですが、昔西洋でもカトリックとプロテスタントといった宗派に分かれて、三十年も血みどろの戦いを繰り広げたそうです。日本だって、かつて一向《いっこう》一揆にかなり苦しめられたじゃないですか。その戦乱の結果、信者だけでなく、多くの無辜《むこ》の民が犠牲になって命を落としました」

「そうでごわした。じゃっどん勝先生は、耶蘇教にもお詳しいごわすな」

「前にアメリカへ行った時に、物珍しいんで、よく教会には見学に行っていましたよ」

「ははは。そうだ、勝先生は中村敬宇さんがお書きになったという不思議な上書をご覧にないもしたか？」

「中村敬宇の上書？　いえ、見てません」

「『擬泰西人上書《ぎたいせいじんじょうしょ》』といって、外国人が書いたように見せた上書でごわすが、実は中村さんが書かれたと聞いておいもす」

「その上書が何か？」

「おいも直《じか》に見た訳ではなく、あくまで報告を聞いただけでごわすが、随分と思い切ったことが書かれてあったそうでごわす」

「ほう、どんなことです？」

「西洋の技術や制度・文化を学ぶのであれば、彼《か》の者らの根底にある耶蘇教も我々は受容すべきである。その耶蘇教を日本に広める際には、まず天皇陛下が自《みずか》ら受洗して自ら教会の主となって、民衆を信仰へと導くべきである、と」

「そうですか。いや、私も噂《うわさ》では中村が何か上書を書いたということは聞いていましたが、詳しい内容までは知りませんでした。何とも大胆《だいたん》な内容ですな」

「おいは恐らく外国人の誰かが、中村さんにそいを書くように促《うなが》したんだと思っておいもす。そん心は、やはり早く耶蘇教を解禁《かいきん》せよ、といったところでごわんそ」

「同感です」

「じゃっどん、勝先生。おいはそもそも、なぜ西洋人がこれほどまで神や耶蘇教を大事に考えるのか、いまいち分かりもはん。例えば、おいは特に毎日仏や神に祈りはしもはん。一方西洋人は食事の前や寝る前に祈ったり、日曜日には教会に行ったりと、よく祈りもす。彼《か》の者らにとって耶蘇教とはいったい何なのでごわんそ」

「難しい質問ですな。これは、あくまで私個人の考えですが、彼の者らにとっての耶蘇教は、水や空気と同じようなものなんでしょうな。だから、それがあるのが当たり前であり、ないと必死に要求する」

「ほう、なるほど」

「先ほども言ったように、私も以前、西洋人の宗教に興味を持ち、長崎でオランダ人から色々と教えてもらいました。そうして私なりに理解したことは、彼《か》の者らは耶蘇教を信仰し、神と個人が向き合っているが故《ゆえ》に、個人というものを尊重し、神の前では個人は皆平等であり、だから身分という概念も希薄《きはく》なのだと」

「はあ」

「これは、逆に日本の状況を思い起せば分かりやすいと思います。つまり、日本で耶蘇教が禁じられてきたことと、同じことだからです」

「我らの常識である、身分の秩序や主従の関係、人の出自による貴賤《きせん》、男女の別といった概念を、根本的に覆《くつがえ》すものだからでごわすな」

「そうです。しかし、これからは違います。世は明治となり、廃藩置県も行われました。先月出発した岩倉使節団には、女子留学生が同行したというではないですか。今後さらに人間の平等が推進されると思います。その際に、耶蘇教というのは一つの格好の教材になると思います。人は耶蘇教によって人間の平等を学ぶことができるからです。その意味では、中村が書いた上書も、決して的外《まとはず》れではないと思います」

「なるほど。よう分かりもした」

4

明治五年十一月、東京。この年の六月、明治天皇は西国を行幸《ぎょうこう》し、西郷もそれに御供《おとも》した。天皇は鹿児島にも行ったが、その時に、西郷は鹿児島に来ていながら久光には挨拶《あいさつ》に行かなかった。西郷にすれば、天皇の御供が行幸時に、一地方の旧領主の父親（久光）に頭を下げるのも、如何《いかが》なものかと思ったのであろう。

ところが、久光はこの事件に非常に自尊心《じそんしん》を傷つけられた。元々この行幸自体、特に久光の廃藩置県への不満を和《やわ》らげることが主目的の一つであり、恐らく久光もその目的は知っていたと思われるので、「この俺を差し置いて」と余計に腹が立ったのであろう。そこで久光は西郷を非難する書面を、太政大臣の三条実美に宛てて送り付けてきたのである。

この書面を見た西郷は驚愕《きょうがく》し、すぐさま三条に帰省《きせい》を願い出て、慌てて鹿児島に向けて東京を発った。西郷は鹿児島に着くやいなや、鹿児島県参事の大山綱良《つなよし》を通じて久光にお詫《わ》びをした。その後久光の元に出頭すると、久光は「西郷詰問《きつもん》十四箇《か》条」なるものを作成しており、それらを一つ一つ西郷に詰問していったのである。その十四箇条の要点を列挙する。（数字は便宜上使用し、また適宜筆者が現代語に変更した）

（一）西郷が無断で剃髪《ていはつ》した。
（二）西郷が無断で高位高官を受けた。
（三）（四）西郷が鹿児島の兵隊を教唆《きょうさ》・扇動《せんどう》した疑いがある。
（五）太政官政府の官員が増えて兵隊が減っているのは、国威《こくい》衰弱の元ではないか。
（六）政府は士族が持っていた砲器等を取り上げたが、士風振興に反し、問題ではないか。
（七）脱刀・散髪、公家・士族・庶人間の縁組など風俗を乱すことを西郷は黙認《もくにん》している。
（八）高給をむさぼり、自分に従う者ばかり登用するなどの悪政に、西郷は同意している。
（九）商売が全ての世になり、士風がいよいよ微弱《びじゃく》となって、何をもって国威が立つのか。
（十）四民平等というが、国威は大丈夫なのか。
（十一）御巡幸《ごじゅんこう》の際、西郷は供奉《ぐぶ》第一の高官でありながら、御失徳のみ醸《かも》し出したこと。

（十二）全てを、西洋を手本とするのはどうか。かつて、わが国は漢土《かんど》から多くを導入したが、漢土と西洋とは違う。
（十三）政府内において長州や土佐が幅をきかせている現状で、国威が盛大になるのか。
（十四）私（久光）の趣意は五倫五常を基本とし、今夏（の行幸時に徳大寺卿）に建言した十四カ条以外にない。（西郷は）従前の心を改め、右に従って少しも背《そむ》かないか。

内容的には保守的で頑迷《がんめい》なものもあるが、もっともだと思うものもある。また右の要約からは分かりづらいが、原文では語尾に「如何《いかん》」を用いるなど断定を避け、西郷に問い掛ける形になっていることに、筆者は久光の西郷への歩み寄りを感じる。今や事実上の「首相」となった西郷に対し、さすがの久光も多少遠慮するところがあったのであろうか。

久光からの詰問を受けた時の西郷の苦悩ぶりは、鹿児島滞在中に黒田清隆宛てに出した手紙に、「御詰問の次第何共《なんとも》言語に申し述べ難き事にて、むちゃの御論あきれ果て候事に御座候」と書いていることからも窺《うかが》える。それは、猫が捕らえた鼠《ねずみ》をいたぶるようなものであった。久光の「女性的」な性格の表れといったほうがいいかもしれない。

（誰か三郎様の側近が、よくよく御説明申し上げるべきなんじゃ。かつて、そいは小松帯刀さぁの御仕事じゃった。じゃっどん、今は誰もそいをやっておらんようじゃ）

前述の通り、小松帯刀は明治三年の七月に他界していた。

また本来は元家老の桂久武辺りがそのような役責《やくせき》を負うべきだろうが、あいにく桂はかつての斉彬時代に家老を務めた島津久徴《ひさなが》（下総）と、お由羅騒動で自害した赤山靱負《ゆきえ》の実弟であり、従って旧斉彬派である日置派に属するため、久光との相性は良くなかったようである。

その意味では、鹿児島県の参事である大山綱良辺りが最適任なのだが、この大山をはじめ、その当時の久光の側近たちはどうにも揃《そろ》ってイエスマンであり、面と向かって久光に意見することができる者はごく僅《わず》かであった。それは、久光自身の性格が臣下に意見されることを好まなかったからだともいえるが、そこに一つ西郷の不運があったと思う。

結果として、西郷は容易には東京に帰れなくなってしまった。そこで、西郷は鹿児島で必死に打開策を模索《もさく》した。それには、誰かに久光を説得してもらう必要があった。久光はさすがに保守派だけあって、旧幕時代以来の権威を重視していた。その旧幕時代の最高の権威は、朝廷を除けば、何といっても幕府そのものである。また久光は、斉彬という異母兄には強い畏敬《いけい》の念を持っていた。前述したように、それは薩英戦争以来、もはや信仰になっていたといえる。幕府と斉彬、この二つに因縁が深い人物は誰か。

（やっぱり、あん御仁《ごじん》が一番じゃろう）

それは勝海舟であった。もちろん大久保一翁でも良かったとは思うが、やはり弁舌《べんぜつ》の点で、よく口が回る勝のほうが人を説得するのに向いていたであろう。筆者は、時に勝海舟と豊臣秀吉とのイメージが重なることがあるが、その意味では勝も人たらしの才を多分に持っていたといえよう。

5

明治六年三月、鹿児島。勝と侍従の西四辻公業《にしよつつじきみなり》の二人は、久光と西郷を上京させるための勅使として鹿児島を訪れた。勝らは滞在している旅館に久光を呼んで勅書を伝達し、どうにか久光に上京を承諾《しょうだく》させたのであった。

その後、久光の一件が片付くと、西郷が勝の旅館にやって来た。

「勝先生、此度《こんたび》はほんのこて、あいがとうございもす。助かりもした」

「いやいや、私は大したことはしていません。しかし三郎様も然《さ》ることながら、あの重臣や側近たちの迫力は凄《すさ》まじいですな。あの方たちが相手では、西郷さんもさぞ御苦労されたことでしょう」

「彼《か》の者らは皆、おいに敵愾心《てきがいしん》を持っていもす。元々彼の者らは、おいが下級武士の身分であるにもかかわらず、順聖院様（斉彬）に重用されていたことが気に入らんかったのでごわすが、そいに加えて数々の太政官政府の政策、特に廃藩置県や徴兵令などによって、彼の者らのおいへの憎しみは決定的になってしまいもした」

「私の出自《しゅつじ》も貧乏御家人ですから、貴方《あなた》の苦労はよく分かりますよ。あの方々が上京する三郎様の身を案ずるから、それなら皆で上京すればいいと私は勧《すす》めたんですが、あの調子じゃ、本当に大挙して東京に乗り込んで来るかもしれません。それはそれで厄介《やっかい》なことになりそうですな」

「ほんのこて頑迷《がんめい》で困った者たちでごわす。先生のお力で彼《か》の者らを教育しては頂けもはんか」

「あの様子では無理でしょう。恐らくあの方々は死ぬまであのままでしょうな。本当は、ああいう連中こそ洋行してくるといいんですが」

「おいは近頃、本気で北海道に移住したいと思っていもす」

「ははは。西郷さん、あんたそんなことばっかり言うから、周りが余計《よけい》困惑《こんわく》して誤解するんですよ。あいつは何を考えているんだってね」

西郷は俯《うつむ》いたままだった。本当に悩んでいるようなのだが、大男が肩をすぼめてしょんぼりしている様は、見ようによっては滑稽《こっけい》でもあった。

(こりゃ、北海道ってのも本気みてえだな)

「しかし、ああいう旧幕時代の亡霊たちがいるようでは、一向に世直しは進みませんなあ」

「はい」

「今回私は鹿児島に来てがっかりしましたよ」

「何がでごわすか？」

「相変わらず士族が我が物顔でのさばっています。士族が前を通ると、依然《いぜん》として百姓や町人は土下座をしています。それに輪をかけて、華族は以前と変わらず殿様気取りです。特にここ鹿児島は酷《ひど》いですな。今回三郎様に会って驚きましたよ。何もかも旧幕時代のままじゃないですか。こんなことじゃ四民平等な世の中なんて、いつまで経っても来やしません」

「はい」

「ただ、あの連中も自分たちが滅びようとしているのを、指をくわえて見ているとは思えません。だから、いずれ何らかの行動を起こすかもしれません。その時が勝負ですな。華族も士族も一気に滅ぼしたほうがいい」

「――」

西郷は黙って頷《うなず》いた。勝が言わんとしていることはよく分かった。

久光が上京することで、ようやく西郷も東京に戻ることができた。だから西郷は明治五年の十二月より、およそ四カ月間鹿児島に滞在したことになる。この明治六年四月に、鹿児島から東京に帰る際に西郷は、これ見よがしにノコギリやマサカリ、オノなど、北海道の開墾に必要な道具を携《たずさ》えていたといわれている。

六月、東京。西郷が鹿児島から東京に帰ってきて以来およそ二カ月が経っていたが、相変《あいか》わらず西郷は東京を離れたがっていた。西郷がこのような気持ちになるのも無理はなかった。なぜなら、岩倉らの使節団本隊はまだだったが、大久保利通は既に先月、日本に帰国していたからである。また同じく先月、ようやく久光が上京したのだが、旧態依然《きゅうたいいぜん》として髷《まげ》を結《ゆ》い、大小二本を差した従者二百五十人を従えての上京だったため、久光らは世の中を元の封建社会に戻すのではないかと世間の評判になっていたからである。

そこで大久保利通らは、勝と大久保一翁に西郷の説得を頼んだ。そんな中、勝は大久保利通の家を訪れた。

「大久保さん。西郷さんの説得は、一翁さんに頼みましたよ」

「それは有難い。今西郷に国に帰られては困るんです。ですが、なぜ勝さんは協力して下さらないのですか」

「いや、私はつい三月に鹿児島に行ったばかりですので、今回は遠慮させて下さいな。西郷さんにしたって、そう度々同じ人に説得されちゃ顔が立ちませんよ。もちろん、一翁さんの手に余るようなら私が行きますがね」

(西郷の行き先は鹿児島じゃなくて北海道かもしれねえ。だったら俺は行かしてやりてえ。あの鹿児島での西郷の苦しい立場を見た以上、俺には奴を引きとめる事なんてできねえよ)

同じ頃、一翁は西郷の屋敷を訪れていた。

「西郷さん、お国に帰られるというのは本当ですか」

一瞬、西郷の顔が強張《こわば》った。しかし、すぐに普段の表情に戻って答えた。

「誰がそげんこつを言いもすか」

「いえ、ちょっと小耳に挟《はさ》んだものですから」

「……」

西郷は黙り込んでしまった。明らかに何かを隠《かく》しているように見えた。西郷は根が正直なだけに、隠し事をするのが極端に下手だった。一翁も敢えてそこには触《ふ》れなかった。

「もし貴殿がご帰国するお積《つも》りなら、もはや東京にいても面白くありませんので、私や勝も静岡に帰ります」

一翁はじっと西郷の顔を見た。心なしか西郷の顔が赤くなっているように見えた。玉のような汗が、額《ひたい》や頬《ほお》を伝って滴《したた》り落ちていた。

（まるで子供のような人だな）

静寂《せいじゃく》の中で、不意に一翁は思った。否定的ではなく、むしろ好意的な感情であった。また、それだけ純粋な人なのだと思った。確かに、この場面を第三者が傍《はた》から見れば、教師が生徒に説諭《せつゆ》しているように見えたであろう。

「誰が言うちょるか知りもはんが、吉之助はまだ帰りもはん。安心してたもんせ」

なぜ、この時大久保利通は西郷に東京にいて欲しいと考えたのか。それを考察する上で重要な示唆《しさ》を与えてくれるのが、勝海舟の日記である。明治六年六月初め頃の彼の日記を

引用してみると、

五月三十一日　吉井氏へ行く。大久保殿に面会、種々内話。西郷氏の事頼まる。
六月　四日　大久保大蔵卿へ行く。西郷氏の事内談。吉井氏へも同断。
　　　六日　大久保一翁、西郷氏の事、内話。
　　　七日　西郷氏進退の事等、（三）条公へ内言上。一翁の事、御内談。
（『勝海舟全集　19』勁草書房）（カッコ内筆者）

右の通り、ちょうどこの頃、利通や吉井、勝、一翁の間で、西郷の進退が話されていたことが分かる。また、この六月七日を最後に、西郷の進退は勝の日記から記載《きさい》がなくなるので、恐らく三条に内言上したことで、何らかの解決をみたのであろう。

では、この西郷の進退とは、具体的にはどういうことであろうか。朝鮮使節の派遣問題は、この直後の六月十二日の閣議で初めて議題に上がるので、この六月七日以前の話題ではなかったであろう。そこで筆者は、この時の西郷の進退とは、北海道への移住問題だったのではないかと考えているが、後年の勝自身が語ったところによれば、その時西郷は「国」に帰りたがっていたという。（『史談会速記録』原書房）ただし、その西郷の引き止めを実際に行《おこな》ったのは勝ではなく一翁だったので、その現場で勝が直《じか》に西郷の言葉を聞いた訳ではない。

さらに、なぜ西郷が鹿児島から東京に帰ってきた四月以降だらだらと決まらなかった

「西郷の進退」が、この時期に一気に決着したのか。この件に関しては、筆者は山県有朋の進退が影響していると考えている。

じつは山県は『明治天皇紀』によれば、西郷の進退が決着した六月七日の翌日の八日に、陸軍卿に就任しているのである。山県はおよそ二カ月前の四月十八日、山城屋事件の責任を取る形で陸軍大輔《たいふ》を辞任に追い込まれており、その時点で山県の追及に気炎《きえん》を上げていた桐野ら薩摩系の軍人たちの溜飲《りゅういん》は一応下がってはいた。しかし四月二十九日に早くも山県は陸軍卿代理に就任し、再び薩摩系軍人たちが不穏《ふおん》な動きを見せ始めていたと思われるのである。

この辺りには久光党の暗躍があったのかもしれないが、ただ桐野ら軍人たちの不満も十分に理解できる。なぜなら汚職をして陸軍大輔を辞職した者が、なぜこんな短期間に陸軍卿代理へ昇進するのか、桐野らには理解し難かったと思われるからである。更に、そのように陸軍卿代理でさえ危険なところを、もう一階級上の陸軍省のトップである陸軍卿に山県を据《す》えようとしていたのである。これには、桐野ら薩摩系軍人たちの猛反発が大いに予想されたはずである。

だから、この山県の陸軍卿就任に対する薩摩系軍人たちの暴発を抑えるために、西郷がどうしても東京にいる必要があったのだろうと筆者は考えているのである。

6

七月、東京。桐野利秋、篠原国幹、別府晋介、逸見《へんみ》十郎太といった西郷の弟子たちが、渋谷の西郷従道《つぐみち》邸に集まっていた。当時西郷は体調を崩《くず》していたため、弟の従道の家で療養していたのである。桐野らは皆、山県の陸軍卿就任に憤《いきどお》っていた。

「先生、ないごて省を束ねる卿になるんでごわすか」

「ないごて邪《じゃ》が栄えるんでごわすか。商人と共謀して汚職を働いたモンが、省を束ねる卿になるんでごわすか」

「到底《とうてい》、おいも納得できもはん」

「先生、説明してたもんせ」

西郷は応接間で座したまま腕を組み、黙って目を瞑《つぶ》りながら桐野たちの言葉を聞いていた。

(確かに皆の主張は正論だ。皆よう成長したもんでごわす。もう立派な薩摩隼人だわい)

桐野らへの対応に苦慮《くりょ》しながらも、その成長ぶりに接し、不思議と西郷の胸中には喜びと安心感があった。親心といったところであろうか。

一通り一同が不満を吐き出して一呼吸ついたところで、西郷が口を開いた。

「皆も聞いてたもんせ。おいは、使節になって朝鮮に行こうと思うちょる」

「朝鮮？　ないごてでごわす」

「朝鮮に行って、彼《か》の者らと和を結び、開国を説《と》こうと思う」

「兵は何人連れて行くのでごわす？」

「おいは使節じゃっで、従者《じゅうしゃ》は僅《わず》かな数にしたい。そうせんと向うが警戒すっじゃろう」

「じゃっどん、先生は陸軍大将で近衛都督《このえととく》じゃなかですか。そげん少人数では先生にもしもの事があったら、どないしもす？」

「かつておいは第一次長州征伐の際にも、ごく少人数で長州陣営に乗り込んだこつがある。じゃっで、今回も恐らく大丈夫だと思うちょる」

「じゃっどん」

「万一おいが朝鮮で倒れたら、おはんたちにはよく一蔵どんの指示に従い、今後の対応を考えて欲しか」

　山県の汚職の件は、既に皆の脳裏《のうり》から消え去ってしまっているかのようだった。

　筆者は、このような西郷の「朝鮮使節への就任」は、もちろん本当に渡韓する気はあったが、それよりも弟子たちの政府への不満をそらすポーズが主目的だったと考えている。

　そう考えないと、征韓論争後の西郷のあっさりとした下野・帰郷を説明できないと思うからである。すなわち、もし西郷にその気があれば、西郷は軍部を握っていたのだから、自分の考え（＝朝鮮行き）を「強行」することだってできたと思うのである。

　その後、一旦は閣議において西郷の使節就任と朝鮮への派遣が決まった。

しかし、欧米視察から帰国した岩倉や大久保らは内政の整備が先決であり、また使節の派遣によって朝鮮との間で戦争が起こることを憂慮《ゆうりょ》し、使節派遣に反対した。更に岩倉と大久保らの胸中には、土佐と肥前の勢力を政府内から駆逐《くちく》しようとの思いもあった。

十月、結局岩倉や大久保らの反対によって、一旦《いったん》決定した朝鮮使節派遣の閣議決定は覆《くつがえ》され、使節派遣は無期延期となった。そこで西郷は、陸軍大将兼参議・近衛都督の辞表を出し、正三位の位記返上も申し出た。しかし、参議・近衛都督の辞表は受理されたものの、陸軍大将と正三位の位記はそのままとなった。それでも西郷の辞意は変わらず、二十八日に横浜を出帆《しゅっぱん》し、十一月十日に鹿児島に着いた。この後、西郷が東京に来ることは二度となかった。

また桐野利秋や篠原国幹らを筆頭に、鹿児島出身の軍人らが大挙して辞職し、西郷を追って帰鹿《きか》し始めた。中でも、特に薩摩出身者が多かった近衛兵は、大幅な欠員が生じるという事態になったのである。

第九章　村田新八

1

明治七年一月、東京。村田新八は日本に帰ってきた。思えば、明治四年の十一月に岩倉使節団の随行員として横浜を出港して以来、二年以上日本にいなかったことになる。しかし、久しぶりに日本の土を踏んだというのに、気持ちは決して晴やかではなかった。むしろ曇天《どんてん》のようにどんよりとしていた。

なぜなら、日本の廟堂《びょうどう》が朝鮮使節派遣問題で紛糾《ふんきゅう》し、突如、西郷が下野して鹿児島に帰郷したことを、村田は滞在先のパリで知ったからである。村田は当時の職であった宮内大丞を辞して使節団の一行から離脱し、パリに残留して留学に切り替えていたのである。

だがパリでは征韓論争の詳細は一向に分からなかった。だから急いでパリから帰国した後、直《ただ》ちに大久保利通を訪問し、帰国の挨拶がてら、廟堂の紛糾や西郷の下野について詳《くわ》しい話を聞こうと思っていたのである。

横浜港には、従兄弟《いとこ》の高橋新吉が村田を迎えに来ていた。

「新八さぁ」

「おお、新吉どん」

「お帰りなさい」

「おはんも元気そうだな。いつアメリカから日本に帰ってきたんだ？」

「つい先日でごわす」

「そうか」

高橋新吉は村田より七歳年下で英語に優《すぐ》れ、通称『薩摩辞書』と呼ばれる辞書を編纂《へんさん》して出版し、その収益を利用してアメリカに留学した、将来を大きく嘱望《しょくぼう》された若者であった。

「これから、どちらへ？」

「うん、大久保さぁの御宅《おたく》へ行こうと思う」

大久保は自邸で、部下から業務上の報告を受けていた。この時期、大久保は殺人的な多忙さの中にいた。前年に起こった征韓論争後の西郷の辞職に呼応《こおう》して、主に薩摩出身の近衛兵たちが大量に辞職して欠員が生じたため、これの補充《ほじゅう》に忙殺《ぼうさつ》されていたのである。加えて、不穏《ふおん》な気配を漂《ただよ》わせている佐賀と、同じく緊迫《きんぱく》しつつあった台湾の情勢とが、更に大久保の双肩に重く伸《の》し掛かってきていたのである。

それでも、村田の帰国を書生から告げられると、大久保は急に表情を和《やわ》らげ、玄関まで村田を迎えに行った。

「おお、新八どん」

「ご無沙汰しておいもす」

「よう帰ってきた。さ、早《はよ》う中へ」

大久保は村田を応接間に案内した。

「いったい大久保さぁと吉之助さぁの間に、何があったんでごわす？」

「何もなか。いつもの吉之助さぁの悪い癖《くせ》だ」

確かに西郷には、幕末の頃から隠遁癖《いんとんへき》のような妙な癖があり、度々大久保たちを悩ませていた。これは恐らく、斉彬の死後、後を追うような形で月照と共に錦江湾に入水しながら、月照だけを死なせて自分は蘇生《そせい》してしまった辺りから、発生したように思われた。

「じゃっどん、閣議では物凄《ものすご》い剣幕で、お二人が言い争いをなされたと伺っておいもす」

「知っちょったか。確かに売り言葉に買い言葉のように、つい大声を出してしもうた。じゃっどん、なぜ吉之助さぁがあそこまで朝鮮使節に拘《こだわ》るのか、おいには今だによう分からん」

「分かりもした。じゃっどん、おいは鹿児島に帰って吉之助さぁの言い分も聞いてみたか」

「そいはならん。今帰ったら、二度と東京に出て来れなくなる。佐賀の状況を見ろ。ああなったら、もう手遅れだ。それよりも、東京にいておいの仕事を助けて欲しか。今、猫の手も借りたいほど忙しいんだ」

しかし、そんな大久保の願いも空《むな》しく、村田は鹿児島に帰ることに決めた。

この直後の二月一日、西郷と共に参議を辞職して佐賀に帰郷した江藤新平が不平士族たちに担《かつ》がれ、佐賀の乱が勃発《ぼっぱつ》した。

村田は高橋新吉と共に、二人で鹿児島に帰るべく横浜にやって来た。その出航の前の晩、二人はホテルの同室に泊まり、夜更けまで酒を酌《く》み交わした。二人とも神経が高ぶり、寝付《ねつ》けなかったからである。

ゆっくりと酔いが回っていく意識の中で、村田は懸命に考えていた。

（おいには、吉之助さぁとの間に離るべからざる関係がある。じゃっで、おいは鹿児島に帰らねばならん。じゃっどん、果たして新吉どんまで巻き込んでしまっていいのだろうか。こいつにはそこまでの義理はないはずだ。いや、むしろ新吉どんは吉之助さぁよりは大久保さぁとの関係のほうが強か）

高橋はアメリカ留学中、同じく留学していた大久保の二人の子供の世話をしていた。

そう考えがまとまると、村田は高橋の顔を見ながら告《つ》げた。ほとんど命令に等しかった。

「新吉どん、おはんは東京に残れ」

「ないごてでごわす？」

「この事態は、西郷、大久保の両大関の私闘だ。そん間《あいだ》に俺共《おいどん》が入り込んでも、どうなるもんでもなか」

「――」

「おはんは、大久保さぁの世話になっちょる。じゃっで、おはんは東京におれ。そいで、おはんとおいとで、いつか両大関の仲を取り持つんだ」

「はい。分かりもした」

恐らく、この時、高橋は本心では納得していなかったのではないかと筆者は思う。本当は高橋も鹿児島に帰りたかったのではないか。なぜなら、この後、明治九年に高橋は西郷の境遇《きょうぐう》が心配で帰鹿し、西郷に会っているからである。

しかし、薩摩の習慣では、お先師《せんし》（年長者、先輩）の言う事は絶対で、これに逆らう（＝議を言う）ことは、してはならないことだとされていた。だから高橋も、従順に村田の命令に従ったのであろう。

明治七年二月、鹿児島。村田新八は遂《つい》に鹿児島に帰ってきた。桜島も相変わらず雄大で、優しく村田を迎えてくれていた。そんな桜島を見て村田は少し涙ぐんだが、それでも気を引き締めて、真っ先に西郷の屋敷に向かった。すると西郷の家族が、今西郷は山川《やまかわ》（地名）の鰻《うなぎ》温泉にいると教えてくれたので、村田は急いで山川までやって来た。

村田を見た西郷は、さすがに驚いた表情を見せた。

「新八どん、どげんした？」

「帰って来もした」

「そいは分かっが。ないごて東京に留《とど》まらんじゃった？」

「吉之助さぁに、帰国の報告をせにゃならんと思いもした」

「そいは有難《ありがた》か。じゃっどん、そいが済んだら、すぐに東京に戻ったほうがよか。つい先日も、江藤前参議が佐賀からここにやって来たんじゃ」

「で、江藤さぁは何と？」

「おいに決起してくれと頼んできた」

「……」

「もちろん断った。じゃっどん、こいから先もこんような事があるかもしれん」

「だからこそ、おいは吉之助さぁの側においもす。おいがおれば、何か役に立つこともあると思いもす」

帰国して、まず大久保の考えを聞き、その後西郷の考えも聞いた上で、自分の今後の身の振り方を決めようと思って、鹿児島に帰ってきた村田であった。しかし西郷の顔をひと目見た瞬間、そんな事はどうでもよくなってしまった。西郷の考えがどうであろうと、西郷を見捨てて東京に戻るなど、もはやできそうになかった。いや本当は、村田は鹿児島に帰ってくる前から、こうなることは薄々《うすうす》分かっていたと筆者は思う。分かっていたからこそ、横浜で高橋新吉には東京に残るように諭《さと》したのだろう。

「ほんのこて、損な性分じゃ。じゃっどん何か手を打たんと、鹿児島も佐賀の二の舞になってしまう」

西郷が独り言のように呟《つぶや》いた。

こうして明治七年六月、鹿児島に私学校が設立された。私学校は、幼年学校と銃隊学校、砲隊学校から成り、幼年学校は西郷ら維新で活躍した者に与えられた賞典禄《しょうてんろく》によって設立されたので、特に賞典学校とも呼ばれた。

2

翌明治八年、鹿児島。西郷が滞在していた山小屋で、西郷と村田が話し合っていた。この頃の西郷は、私学校には全くといっていいほど顔を出さず、日々野山を転々とし、狩猟や湯治《とうじ》に明け暮れていた。そんな西郷の居場所は、村田などごく限られた人々しか知らなかった。

「では吉之助さぁは、ほんのこて、生徒をフランスに留学させるつもいでごわすか？」

「そうじゃ。こいからの若者は、外国を知らにゃあならん」

「じゃっどん、ないごてフランスごわすか？　確かにあん国は高度な文化を持っておいもす。じゃっで、そいだけ誘惑も多か。そげな所に薩摩の武骨者《ぼっけもん》を留学さして、無事学業を修《おさ》められると思いもすか。おいは自分がフランスに留学していもしたから、よう知っちょいもす」

「新八どんは、まだおいの心が分からんか。何も学問は、机の上だけでするもんではなか。外国の人々や社会、文化に直《じか》に触れるだけで立派な学問じゃ。特にフランスなら、自由で平等な意識を吸収してくれるじゃろう。こん日本の、新しか四民平等の世の中を牽引《けんいん》する新しか日本人となって、きっと戻って来てくれるじゃろう」

「吉之助さぁ」

その西郷の言葉を聞くやいなや村田は俯《うつむ》いた。目頭が熱くなってきた。

そこで、成績優秀な幼年学校（賞典学校）の生徒であった木尾満次、日高正雄、救仁郷《くにごう》哲志の三人がフランスに留学することになった。三人のフランスへの出発にあたり、西郷は彼らに漢詩を送っている。それを筆者が現代語に訳して引用する。

「木尾君、日高君、救仁郷君三子の仏国にゆくを送る序」

三子はまさに行こうとしている。別れに臨んで言っておきたい。なぜ私が君らを留学させようとするのか。これを言おうとすると先に涙が流れてしまう。私の心情は昔日《せきじつ》の戊辰戦争で亡くなった者たちと別れるような気持ちである。ああ戊辰戦争で亡くなった者たちの代わりをこの三人がしてくれよう。亡くなった戦没者たちの魂が必ずやこの三人を保護してくれよう。どうすれば亡くなった戦没者たちの代わりを得ることができるだろうか。それは戦没者たちの気概《きがい》である。彼らは戊辰の戦で憤然と気概を発して斃《たお》れた。君ら三人は戦没者たちの気概を心に留《と》めて行くのだ。その気概さえ持

っていれば斃れた彼らも死んだことにはならん。君ら三人は行け。ああ戦没者たちの気概を、誰を憚《はばか》って維持しないことがあろうか。(『西郷隆盛全集　第四巻』大和書房)

ところが、西郷らの期待に反して三人は渡仏後不勉強だったようで、西郷を心配させたようである。それは、フランスに滞在していた某氏からの手紙で三人の不勉強を西郷が知り、その某氏に手紙を返信した際の草稿三通が残っており、それらの文面から分かるのである。

確かに三人の留学生への壮行《そうこう》の漢詩や某氏への返信の草稿から、西郷が賞典学校を設立し、三人を留学させた理由は、戊辰戦争で亡くなった兵士たちを復活させる意味があったことが分かる。維新時の賞典禄から設立された学校であれば、その理由も十分頷《うなず》けよう。

しかしながら、筆者が前述のような西郷と村田の会話を想像したように、西郷の真意は、三人に兵士になるための学問をして欲しかった訳ではないと筆者は考えている。なぜなら、もし兵士になるための学問をさせるのであれば、庄内酒井家の旧当主であった酒井忠篤《ただずみ》にドイツ留学を薦《すす》めたように、決して留学先にフランスを選びはしなかったと思うのである。

また逆に考えれば、敢えて留学先をフランスにしたところに、西郷の意図が隠されていると筆者は思うのである。それは、西郷と村田の会話で話されているように、自由と平等の意識をフランスに吸収に行ったという解釈である。

ではなぜ、壮行の漢詩や某氏への返信では「戊辰で亡くなった兵士の復活」などと西郷は書いたのかというと、そう書かざるを得なかったのだと筆者は考えている。なぜなら「自由で平等な意識」などは、一般の私学校の生徒たちや鹿児島社会の中では「危険思想」であり、西郷と村田など、ごく限られた者たちの中だけで共有された考えだったと思うからである。だから、ご丁寧に某氏が三人の不勉強を伝えてきたことに対しても、「しっかりやれ」と叱咤《しった》するポーズを、敢《あ》えて西郷は取らなければならなかったと思うのである。

しかし西郷の真意は、もちろん真面目《まじめ》に勉強して正式に大学にでも入学し、見事に卒業でもしてくれればそれに越したことはないが、たとえそうならなくても、「フランスの社会をただ見てくるだけでも立派な勉強だ」と考えていたと筆者は思うのである。

3

明治八年八月、東京。赤坂・氷川の勝邸を妙な男が訪れていた。土佐の郷士出身で、名を中江篤介《なかえとくすけ》といった。「東洋のルソー」といわれた、後の中江兆民である。汚らしい格好だった。

「勝先生、あしは島津三郎様（久光）にお会いしたいのやけど、紹介してもらえませんろうか」

「会って、どうするんだい」

「献策《けんさく》したいと思いゆう」

「献策って、あの人は保守派だぜ。この国を旧幕時代に戻そうとしているような御仁《ごじん》だ。そんな御仁とフランス帰りのお前さんじゃ、水と油だろう」

「けんど、あの方は地位と力を持っちゅう。何より現政府に不満を持っておられる」

（土佐弁を聞いてると、何だか龍馬を思い出すな。そういえば初めて会った時、あいつも汚ねえ格好だった）

　そう思い、勝は軽く思い出し笑いをした。

「勝先生、何がおかしいがかぇ？」

「あ、ああ。ふーん、まあいいが、偉い人に会っても、あんまり過激なことは言ってくれるなよ」

「分かっちゅう。あしも今や、れっきとした官員ですきに」

　中江は、この明治八年の五月から元老院の権少書記官になっていた。また勝の日記に中江が登場するのは同年の六月からで、留学中の友人の帰国費用を勝から借りている。だから八月の時点では、既に勝と中江はかなり親しい仲だったであろう。

「しかし何といっても、あちらは左大臣様だ。いきなりってのは良くねえ。まずは側近の者にでも会ったほうがいい」

（その汚ねえ身なりじゃ、無礼討《ぶれいう》ちにされ兼《か》ねねえからな）

「どなたか御存知《ごぞんじ》ではないですろうか」

「うーん。それなら海江田を紹介してやるよ。あいつは三郎様の側近中の側近だ。何でもかつて生麦事件でイギリス人に止《とど》めを刺したのが奴らしい。そこを煽《おだ》てりゃ、奴《やっこ》さん喜んで三郎様に取り次いでくれるだろうよ」

「ありがとうございます」

翌日、早速中江は海江田の住まいを訪ね、『策論』と題された冊子を、久光に読んで欲しいと言って海江田に渡した。海江田はそれを快く受け取り、久光に渡すことを約束した。

ここで中江が海江田に渡した『策論』の要約を挙げる。全七策ある。(現代語訳筆者)

(第一策) 国民、特に政治家の姿勢と倫理に関し、妻妾同居を否定し家族道徳を確立する。

(第二策) 官吏の任用を適正かつ長期的視野に立って行う。

(第三策) 日本が英仏に学ぶべきなのは技術(自然科学)と理論(社会科学)であるが、この他に道義も重要である。従って、西欧の「道学」と中国の「経伝」の学習を必修とすべきである。

(第四策) 贅沢品《ぜいたく》を排し、一部の輸入品に高額の関税を課す。

(第五策) 輸出の振興には生産技術の向上が必要であり、そのために他国と技術者の交換や交流を行う。

(第六策) 官吏と経費の削減、情実や汚職の撲滅《ぼくめつ》など行政改革を行う。

（第七策）国の草創期には「英傑」の強力な指導力が必要であり、立憲制の樹立には「理勢ニ達シテ且守ル所有ル者」と「宏度堅確且威望有ル者」の二人の「英傑」が必要である。

第七策の「英傑」は具体的な名前が記されていないが、どうも兆民は「理勢ニ達シテ且守ル所有ル者」を自分自身、「宏度堅確且威望有ル者」を西郷と捉《とら》えていたのではないかと思われる。

なぜなら幸徳秋水の『兆民先生』によれば、兆民は西郷を漢の高祖（劉邦）に、兆民自身をその配下の参謀《さんぼう》役であった張良だと捉えていたからである。そう考えれば「理勢……有ル者」は参謀、「宏度……有ル者」はトップの司令官だと考えることもできるであろう。それでも名指《なざ》しはされていないのだから、あるいは久光は「宏度……有ル者」を勝手に自分だと解釈したかもしれない。ただし、勝はこれらの「英傑」のどちらにも当てはまらないと思われる。なぜなら、勝は同居している女中に手を出して子供を産ませていたので、明らかに第一策の倫理や道徳を犯しているからである。

勝がこの『策論』を読んだかは分からないが、もし読んだとしたら、苦笑いしたのではあるまいか。あるいは兆民はその辺りに気を配り、勝には見せなかったかもしれないが、それでも勝と兆民との交流の度合《どあい》を考えると、恐らく読んだのではないかと筆者は思う。

数日後、久光から中江篤介の元に呼び出しがあり、中江は久光の屋敷へ行った。広間に通され、緊張した面持ちで平伏《へいふく》していると、数人の側近と共に久光が現れた。

「余が三郎じゃ」

「はっ」

「面《おもて》を上げられよ」

「はっ」

「何か申されたいことがあれば、遠慮なく申されよ」

「されば先日献上しました、あしの著述《ちょじゅつ》を、ご覧頂きましたろうか」

「さっと目は通しもした」

「もし、あしの意見が採用されますなら、これ以上の幸せはございやせん」

「そなたの議論自体は良いと思う。じゃっどん実行するのが難しか」

「なぜですか」

「余も色々思うところがあって、こいまでも度々建白《けんぱく》しておる。じゃっどん、政府の腰抜けどもは余の意見を聞きもはん」

「畏《おそ》れながら言論だけでは、やはり限界があるかと存じます」

「ほう、ではそなたは如何《いか》にすれば良かと思う?」

「簡単でございます。西郷大将を東京に呼び寄せられて、近衛の軍隊を奪わせ、太政官を包囲させれば事は成就します。今や陸軍の内部には反乱を考えている者も少なからずおります。ですから、西郷大将が上京してくれれば、彼《か》の者らは必ず呼応《こおう》して立ち上がると思っちょります」

「うーん。じゃっどん、余が呼び出しても西郷は応じないと思うがのう」

「ならば、勝海舟先生をお遣《つか》わしになってはいかがでしょうか。勝先生が説得すれば、西郷大将も必ず引き受けると思います」

(そうか。とにかく西郷を呼んで、西郷に大久保を倒させれば良いのだ)

久光はしばらく間《ま》を置いてから答えた。

「もう少し良く考えてみよう」

この明治八年中に、久光によって中江の献策が用いられることはなかった。しかし、次第に現在の政《まつりごと》に苛立《いらだ》ちを募《つの》らせていった久光は、十月に三条実美の弾劾《だんがい》を上奏して却下され、結局左大臣も辞めてしまった。

そこで、翌九年の二月に、久光は西郷の呼び出しを企図《きと》して家令《かれい》の内田政風を西郷の元に遣わしたが、西郷はそれをあっさり断っている。

この辺りの久光の行動には、もしかしたら中江の献策の影響があるのかもしれない。また西南戦争自体が中江の献策をヒントにして、西郷を上京させて政府を転覆させようという具体的なイメージが久光の脳裏に装填《そうてん》された結果、発生した事件なのではないかとも思われるのである。

4

明治八年十二月、東京。大久保一翁が氷川の勝邸を訪れていた。

「で、元老院への転任の件は？」

「断った。三条さんに直接な」

「正解だ。俺もつい先月まで元老院にいたんだが、元老院なんぞ大した仕事もねえ、ただの暇《ひま》な年寄りの集まりよ。じゃ、あんた、これからどうするんだい」

「分からん。じゃが、もう東京府知事には留《とど》まれんじゃろうな」

「そうかい。そいつは残念だな。だけど三年半もやったんなら、あんたにしては長く続いたよ。あんた昔から、一つの役目を長く務めた例《ためし》がなかったじゃないか。まあ、しょうがないよな。大久保内務卿に逆らったんじゃやな」

一翁は明治五年五月末から同八年十二月半ばまで東京府知事であった。勝は十一月二十八日に元老院議官を辞職していた。元老院とは、一八七五年から一八九〇年まで存在した、数十人の議官によって構成される立法諮問《しもん》機関で、明治憲法の施行《しこう》に伴って廃止された。

「儂《わし》も内務卿の逆鱗《げきりん》に触れて、もしかしたら御役御免《おやくごめん》になるかもしれないと思っておった。だが、それでもやってしまった。どうしても真の民会を東京府に作りたかったんじゃ」

「あんたらしいよ。何てったって、文久二年から『大政奉還論』を唱《とな》えていたんだからな。俺も、あれを最初に聞いた時は本当に驚いたよ」

「ふふ。そんなこともあったな」

「あれを聞いた春嶽なんか、『大久保は狂人だ』って思ったらしいじゃないか。側《そば》で聞いていた小楠でさえ『驚いた』って言うんだから」

「もうよしてくれ、麟太郎。何だか恥ずかしいわい。だが、政治を徳川の私物にしてはいかんと思って朝廷に返上した政権が、今では薩長の私物になってしまっておる。これでは、大政奉還の理念が完全に死んでしまっている。大政奉還とは、政治を『私』から『公』へと変換したものだったはずだ。そうじゃろう、麟太郎」

「うん」

「では『公』とは何じゃ。全ての日本人による『共有』じゃろう。だから、儂はどうしても我慢できなかったんじゃ。どうしても、儂の手で民会を作りたかった。そうすることが、戊辰の戦で死に、また今、静岡で貧困に苦しんでいる多くの旧幕臣たちの無念《むねん》を晴らすことになると、儂なりに信じてやったんじゃ。政治が今のような薩長の私物のままでは、儂は死んでも死に切れんのじゃ」

「……」

　さすがの勝も言葉に詰まった。一翁は涙ぐんでいた。

「すまん、つい興奮してしまったわい」

「いや、あんたの言う通りだ。本当に情けねえよ。薩長どころか、今の政府は完全に内務卿の独裁《どくさい》だ」

「何とか、ならんかのう」

「いや、このままじゃ済《す》まんと思う。世の中に怨嗟《えんさ》が渦巻《うずま》いている。うちにも中江篤介なんかがよくやって来て暴論を吐《は》いてるけど、まだまだこれから乱が起こると思う」

大久保一翁は、東京府知事として東京会議所の改革を推進していた。それは会議所を府民の公選による組織とし、「東京府会」という真の民会にしようというものであった。しかし、それは専制・独裁政治を目指す大久保内務卿にとっては危険思想であり、許し難い反乱行為であった。そこで政府は、一翁を東京府知事から外して元老院議官にしようとしたが、一翁は元老院行きを断った。それで結局、一翁は東京府知事から教部少輔《しょうゆう》に異動となった。

5

明治九年八月、鹿児島。桜島の有村温泉で湯治していた西郷の下を、村田新八の従兄弟《いとこ》の高橋新吉が訪れた。当時高橋は長崎で税関長をしていたが、夏休みを利用して帰郷したのだった。十日間鹿児島に滞在したという。

高橋の西郷との関係は浅からぬものがあった。高橋は通称『薩摩辞書』と呼ばれる辞書を明治二年に出版したが、その辞書の販売に西郷が協力したのである。その時の収益をもとに、後に高橋はアメリカに留学することができたという。

高橋は明治三年にアメリカへ留学し、七年に帰国したと自身が語っている。だから、この時の西郷への面会は、アメリカからの帰国の挨拶というのが建前であったが、やはり本音は暴発寸前の鹿児島の状況と、その中での西郷の様子が心配だったのであろう。

夕刻、ちょうど西郷は滞在している温泉宿の縁側《えんがわ》で涼《りょう》を取っていた。

「西郷先生、ご無沙汰しておいもす。高橋でございもす」

「おお、新吉どんか。よう来てくれた。いつアメリカから戻ってきたんじゃ？」

「二年半くらい前でございもす。中々鹿児島に帰ることができず、今日までご挨拶《あいさつ》もできもはんで、ほんのこて、すんもはん」

「よかよか。そいじゃ、新吉どん。ゆっくり西洋の話でも聞かせったもんせ」

西郷は非常に好奇心が旺盛《おうせい》で、洋行帰りの者からよく西洋の話を聞いていたという。この時も大きな目を輝かせながら、時に質問しつつ、高橋の話に聞き入っていた。ひとしきり歓談《かんだん》が続いた後、西郷は高橋に訊《き》いた。

「新吉どん、共和政治と耶蘇教《やそきょう》から産出したアメリカ人の性格はどうじゃった？」

「あちらでは個人主義を尊重しもす。じゃって、皆それぞれ自分の人生を大事にし、人生を楽しんじょると思いもした。我々日本人が忠孝や仁義を考えて一身を犠牲《ぎせい》にするのとは、ちょうど正反対だと思いもした」

「ははは、そうでごわすか。ほんのこて日本とは違いもすなあ。おいも東京におった頃までは人生が楽しいなんて考えたこともなかった。じゃっどん、今こうして毎日狩りをしたり温泉に浸《つ》かったりして暮らし、ようやく楽しいと思えるようになってきた。そういえば勝先生も仰《おっしゃ》ってた。個人が確立するには、自由で平等な社会が必要だと」

「はい」

「じゃあ、君も耶蘇教の洗礼を受けていらっしゃったのかな？」

「いえ。おいは耶蘇教の洗礼は受けもはんでした」

「ないごてな」

「はい。孔子は仁《じん》を教え、釈迦は慈《じ》を教え、耶蘇は愛を教えもす。じゃっどん、たとえそれらの名称は違っていても、おいはそれらの意味するところはさほど違っているとは思いもはん。俺共日本人《おいどん》は、仁や慈はある程度理解していもす。じゃっで、おいは特に、俄作《にわかづく》りの耶蘇教徒になる必要があるとは思いもはんでした」

「ははは。新吉どんは、よう宗教の本質を見抜いちょる。そいが『世界宗旨の前では敵なし』ちゅうこつなんじゃろ」

その後、高橋は西郷の前を辞《じ》し、足早《あしばや》に村田の家に向かった。時局がら、なるべく鹿児島の人々に対して目立たないようにする必要があった。見つかれば、東京から来た密偵《みってい》だと疑われる恐れがあったからである。

「どげんじゃった、吉之助さぁの様子は」

「ごく普通でごわした。さすが巨人《うど》さぁでごわす。ははは、大したもんでごわす」

「笑い事じゃなか。吉之助さぁを心配させまいと、あまり細《こま》かかこつは知らせてないが、今の状況は最悪だ。ちょうど十畳敷《じ》きの部屋に五尺樽《たる》を置いて、それに水を満杯《まんぱい》に注ぎこんでいるようなもんだ。じゃっどん、その樽が朽《く》ちかかって、この先いつまで持つか分からんもんを、お・い・が両手で抑《おさ》えたり、縄で縛ったりして、一時しのぎをしているのだ。もし何かの弾みで樽が砕《くだ》けたら、座敷中を水浸《びた》しにしてしまう他なか」

珍しく村田が感情を露《あら》わにした。新吉は子供の頃から村田と共に過ごす時間が多かったが、村田が感情的になったところを見た記憶がほとんどなかった。

「あと、どんくらい持ちもすか」

「神ならぬ僕《しもべ》には分からん」

村田は遠くを見ながら、悲しそうに呟《つぶや》いた。

第十章　士族の滅亡

1

ある夜、西郷は夢を見た。その夢の中で西郷は、嵐の夜に決壊《けっかい》しそうになる川の堤《つつみ》を必死に抑《おさ》えていた。真っ暗闇の中、ただ「ゴー、ゴー」という川の濁流《だくりゅう》の荒れ狂う音だけが聞こえていた。

必死に濁流を食い止める西郷の横にもう一人男がいて、西郷と二人で一緒に堤を抑えていた。「頑張れ！」「負けるな！」といった声援をお互いに掛け合っているのだが、真っ暗な上に濁流の勢いが強くて相手の顔がよく見えず、また轟音《ごうおん》のために相手の声もよく聞き取れないので、その男が誰だか分からない。

濁流が堤に浸《し》み渡り、ミシミシと音をたてている。もう今にも決壊しそうだった。段々と疲労で体が痺《しび》れ、視界もぼやけ、意識も朦朧《もうろう》としてきた。もう駄目だと思ったその瞬間、堤が決壊した。

「あっ」

汗びっしょりになって西郷は目が覚めた。まだ夜半過ぎの、静かな夜であった。手拭《ぬぐ》いで汗を拭《ふ》きながら、西郷はつい先ほどの夢を考えていた。

（おいと一緒に堤を抑えていた、あん男は誰な？　一蔵どんか、新八どんか。それとも勝先生か？　そいにしても、こん夢はいったい）

西郷は何やら得体の知れない恐怖を感じながらも、いつしか再び深い眠りについていた。

明治十年二月、鹿児島。西郷は大隅半島の小根占《こねじめ》から鹿児島武村の自邸に戻った。明治政府が鹿児島の火薬庫にあった武器・弾薬を大阪に移そうとしたことに反発し、政府に渡すまいとして、一部の私学校徒が鹿児島に幾つかあった火薬庫から武器・弾薬を掠奪《りゃくだつ》したとの知らせが西郷の元に入ったからである。最初にその報に接した時、西郷は「しまった」と叫《さけ》んだという。

西郷邸内は既に殺気《さっき》立っていた。門をくぐると同時に、西郷は急遽《きゅうきょ》はせ参じていた多くの私学校の生徒たちに囲《かこ》まれた。

「おはんたちは、何たる事をしでかしたか！」

西郷が周囲を睨《にら》み付けながら怒《ど》鳴った。

「先生！」

周囲が一斉《いっせい》に叫んだ。

しかし、何かが違っていた。生徒たちの眼つきが以前とは違うのである。私学校を立ち上げた三年前は、生徒たちの眼はもっと澄《す》み、輝いていた。ところが今は、まるで追い詰められた獣《けもの》のように瞳孔《どうこう》が開き、血走っているかのように見えた。

（もう手遅れなのか）

その瞬間、絶望的な情景が西郷の脳裏《のうり》を過《よぎ》った。

「西郷先生、どうか決断してたもんせ」

「こげんなった以上、いずれ必ず政府の奴らが攻めてきもす。佐賀の乱の時のように。もしかしたら、もう奴らは東京を発《た》ったかもしれもはん。早く決断せんと命取りにないもす」

桐野利秋と篠原国幹が西郷に詰《つ》め寄った。周囲の生徒たちも西郷と桐野、篠原の三人のやり取りを、固唾《かたず》を飲んで見守っていた。

佐賀の乱は明治七年の二月に起こった。その時には、内務卿の大久保利通が立法・行政・司法の三権を掌握《しょうあく》して、電光石火の如く政府軍を率いて佐賀に迫り、江藤新平が率いる反乱軍を僅《わず》か一カ月で一網打尽《いちもうだじん》にしたのであった。

桐野と篠原は幕末の頃から西郷に付き従う忠実な子分であり、ともに戊辰戦争で活躍した。その功あって二人は明治政府においては共に陸軍少将であったが、明治六年に西郷が参議を辞職して下野、帰郷したのを追い、両人とも職をなげうって鹿児島に帰ってきたのであった。

「大義名分がなか。桐野どんも篠原どんも、よう考えて欲しか。一部の生徒たちが武器庫を襲って武器・弾薬を奪ったのであれば、あくまでも非《ひ》はこちら側にある。そいをないごて決起《けっき》せにゃならんのか」

「あん武器・弾薬は、元々我々薩摩のもんでごわす。そいを政府の奴らが奪おうとしたから、我々が守っただけではごわはんか」

桐野が気色《けしき》ばんで西郷に詰め寄った。

「過去に如何なる経緯《けいい》があろうと、今は政府の所有だ。そいに異議《いぎ》を唱えるだけならまだしも、間違っても決起する名分にはならんと思う」

「もう遅か、先生。理屈じゃなか。もう桜島は噴火しちょいもす！」

桐野が大声で言い放った。側《かたわ》らにいた篠原も桐野の言葉に頷《うなず》いた。

西郷は腕を組んで縁側に座り、下を向いて中庭の土を凝視《ぎょうし》していた。辺りを重い沈黙が支配していた。

鹿児島近郊の吉野。ここは桐野利秋が生まれた地域であり、その縁もあってか、私学校の系列である吉野開墾《かいこん》社がこの地に設立されていた。今、桐野は私学校の運営からは身を引き、この吉野開墾社の経営を任され、天候の許す限り畑仕事に精を出していた。

その吉野開墾社の畑にある作業小屋が、桐野たちの格好の溜《た》まり場になっていた。

「先生も、もうろくしたな」

桐野が一人気を吐いた。この頃になると度々桐野は西郷を批判するようになっていた。

「先生には先生のお考えが」

普段は無口な篠原が重い口を開いた。

「この期《ご》に及んで考えも何もなか」

別府晋介が吐《は》き捨てた。別府は桐野の従兄弟《いとこ》であり、考え方や行動は桐野と似ており、桐野の小型版といった感じであった。

「幕末の頃の先生は輝いていもした。そいが今は」

逸見《へんみ》十郎太が呻《うめ》いた。この中では一番若く、血気盛んであった。

「先生は、いずれ列強が日本に攻めてくるじゃろが、今の政府ではそいに対処しきれまい。じゃっで、そん時にこそ我々は立ち上がるんじゃと説くが、そげん考えはもう古か。そげん役に立たん政府なら、列強が来る前に我々の手で叩《たた》き潰《つぶ》してしまえばいいではなかか。そいを、なぜそげん悠長《ゆうちょう》に構えちょるんか」

桐野が悔しそうに喚《わめ》いた。

「みんな大久保が悪いんじゃ。先生がご希望通りに朝鮮に行っちょったら、今も先生は政府の中枢で輝いておられたはずでごわす。そいを大久保が、先生を政府から追い出したばっかいに」

淵辺群平《ふちべぐんぺい》だった。この中では最も理性的であり、西郷への尊敬の念も厚かった。

「じゃっで、そん大久保を倒すんじゃ！　奴を倒すのに、いちいち大義名分などいらん！　そげんもんは倒してから考えればよか」

桐野の気炎《きえん》は止まらない。

この時期、壮士《そうし》たちが桐野の元に集まり、反政府・反西郷的な気炎を上げている姿が、鹿児島に潜入した密偵《みってい》によって政府・大久保内務卿の元に報告されている。

2

西郷は昨日と同じように、縁側に座って考え込んでいた。

（もう手遅れかもしれん。じゃっどん大義名分がなか。さて、どげんしたもんか）

すると西郷の目に、不意《ふい》に無数の蛇が飛び込んできた。それは異様《いよう》な光景だった。蛇たちは二月という真冬にもかかわらず、数十匹が中庭の隅《すみ》で、互いの体を擦《こす》り合わせながら蠢《うごめ》いていた。

その蛇たちを見た瞬間、突如西郷の脳裏をある文章が過《よぎ》った。

先祖が始めた悪事の仕上げをしたらどうだ。

蛇よ、蝮の子らよ、どうしてあなたたちは地獄の罰を免れることができようか。

（マタイ・二三―三二、三三）

それは新約聖書の、マタイ福音書中の文章であった。前述の通り西郷は幕末時に聖書を持っていた。

（先祖が始めた悪事の仕上げ……）

次の瞬間、西郷は大きく天を仰《あお》いだ。

(つまり、士族を滅ぼせと?)

(ほんのこて、そいで宜《よろ》しいごわすか?)

それは、誰かと話しているような様子だった。

(分かいもした)

「イト、イト!」

西郷が夫人の糸子を呼んだ。

「はい」

すぐに糸子が縁側に現れた。

「あれを見よ。もう仕方がなか」

西郷は中庭の隅に蠢いている無数の蛇を指さした。

「え?」

唐突な西郷の言葉に、糸子夫人は状況が飲み込めなかった。しかし、そう言ったきり西郷は黙り込み、再び中庭の蛇を見つめ始めた。糸子夫人は西郷に言葉の意味を尋《たず》ねたかったが、あまりに西郷が思い詰めた様子だったので尋ねることができなかった。

この蛇の一件は、『明治秘史　西郷隆盛暗殺事件』(日高節　隼陽社)という本に記されており、幾人かの作家が引用している。

その後、西郷は桐野と篠原を呼んで、自らの決心を二人に告げた。

数日後、私学校において、私学校党の今後を決める集会が開かれた。

その集会で西郷は血気《けっき》にはやる私学校党を前にして、自らの決意を述べた。

「そいではおいの体をあげまっしょう」

西郷のこの一言で、私学校が全校一丸《いちがん》となって決起し、かつ西郷自身がその軍団の首領となることが決まったのである。

沸《わ》き立つ私学校党の中で、一人だけ冷静に西郷を見守る男がいた。村田新八であった。

「ほんのこて、こいでいいんでごわすか」

「仕方なか。やはり、おいは犠牛《ぎぎゅう》じゃっで、最期《さいご》は煮《に》られる運命だ」

「吉之助さぁ」

村田は思わず天を仰《あお》いだ。

（「おいの体をあげまっしょう」とは、耶蘇《やそ》が捕らえられる時に言った、「友よ、したいようにするがいい」と同じ意味でごわす。ほんのこて、吉之助さぁは耶蘇のようじゃ）

「犠牛」とは、西郷が作った以下の漢詩に由来する。

去来朝野似貪名　朝野《ちょうや》に去来《きょらい》するは名《な》を貪《むさぼ》るに似《に》たり、
竄謫余生不欲栄　竄謫《ざんたく》の余生《よせい》栄《えい》を欲《ほっ》せず。
小量応為荘子笑　小量《しょうりょう》 応《まさ》に荘子《そうし》の笑《わらい》と為《な》るべし、

犠牛繋杙待晨烹　犠牛《ぎぎゅうよく》杙に繋《つな》がれて晨烹《しんぼう》を待《ま》つ。（『西郷隆盛全集 第四巻』大和書房）

（現代語訳）

朝廷に仕えたり野に下ったりを繰り返すことは、まるで名誉を欲するようであるが、元々島流しの身である自分の余生に、栄達を欲する気持ちはない。にもかかわらず再び朝廷に仕える自分を、器量が小さいとして荘子は笑うだろう。荘子が言うように、朝廷の高官になることは生贄《いけにえ》の牛が杭に繋がれて、料理用に煮られるのを待っているようなものだからだ。（筆者訳）

二月半ば、未明。西郷は薩軍の鹿児島出立に先立って、武村の自邸を出た。十数人の私学校の生徒たちが西郷を迎《むか》えに来た。生徒たちは西郷を護衛《ごえい》するのだという。

「先生、俺共《おいどん》は命に代えても先生をお守り致しもす」

西郷は黙ったまま、俯《うつむ》き加減に軽く一礼した。

（ほんのこて護衛か？　おいが逃げないように見張《みは》っているのではごわはんか？）

『遠い崖　13　西南戦争』（萩原延壽《のぶとし》）によれば、この当時鹿児島に来ていたイギリス人外交官アーネスト・サトウも西郷に会っているが、サトウは私学校徒の西郷に対する物々《ものもの》しい行動を、「護衛」というよりはむしろ「監視」だったと感じている。サトウはこの時、鹿児島で勤務していたイギリス人医師のウィリスを訪問していた。

前述の『明治秘史　西郷隆盛暗殺事件』によれば、この自邸からの出立時（薩軍の鹿児島出立時よりも前だと思われる）西郷は軍服ではなく、普段山中でウサギ狩りをする時と同じような和装だったという。この時西郷はまだ陸軍大将であったが、この和装を選んだというところに、出立時の「不本意な」西郷の気分が推し量《おしはか》れるであろう。

ただし、恐らく西郷は自邸を出立後に私学校で薩軍に合流したのであろうが、鹿児島を出立する時は薩軍の首領として、軍服姿であったという。

その自邸出立時、玄関に腰を掛けて履き物を履こうとした西郷は、不意に周りの生徒たちに告げた。

お前たちが儂《わし》を連れ出すのじゃから、靴を履かせ、帽子を冠《かむ》せてくれ。

（『明治秘史　西郷隆盛暗殺事件』日高節　隼陽社）

いみじくも西郷は「お前たちが連れ出す」（＝お前たちに連行される）と言っている。

この西郷の言葉に、不意を突かれた生徒たちは一瞬互いに顔を見合わせたが、すぐに西郷が頼む通りにした。主人の見送りに玄関まで出てきた糸子が、怪訝《けげん》そうな顔をして生徒たちの動作を眺《なが》めていた。

（何で、旦那《だんな》さぁはこんな事を、わざわざ生徒たちに頼むのかしら？）

糸子には西郷の意図《いと》するところは分からなかったが、それでも普段は無口な西郷にしては珍しいと思ったのだろう。そんな異様な雰囲気《ふんいき》に包まれて、西郷は悠然《ゆうぜん》と自邸を出立した。これが西郷と糸子の永久《とわ》の別れになった。

巻末に、前述の糸子夫人の談話及び西郷とキリスト教との関係を論じた、以前に出版した『西郷隆盛 四民平等な世の中を作ろうとした男』の中に収録されている筆者の小論を掲載《けいさい》しておくので、興味のある方は是非ご一読して頂きたい。

3

明治十年三月、東京。岩倉具視の意を受けた佐野常民《つねたみ》が赤坂・氷川の勝邸を訪れていた。佐野は肥前鍋島家の元家臣で、この時は元老院議官であった。西南戦争のさなかに日本赤十字社の前身である博愛《はくあい》社を設立した人物である。佐野は文政五年、勝は文政六年の生まれだが、西暦に直すと同じ一八二三年の生まれであった。

「勝さん、やはり鹿児島に行ってはもらえんでしょうか？」

「その話はきっぱり断ったじゃないですか」

「はい。ただ田原坂《たばるざか》の戦況は、決して思わしくはないようです」

（いい気味だわ）

薩軍によって守られた田原坂を政府軍が攻略したのは三月二十日であったが、二人ともこの結果をまだ知らなかった。むしろ勝は薩軍のほうが優勢だと思っていた。

「いいですか、佐野さん。態々《わざわざ》こちらから訪ねていって戦を終わらせるには、それなりの土産《みやげ》が必要でしょう。それも相手が納得し、喜んで矛《ほこ》を収《おさ》めるような土産じゃないと。手ぶらで行ったって誰からも相手にしてもらえませんよ。その取って置きの土産が、他ならぬ大久保内務卿の解任なんですよ。これ以外の条件では、まず薩軍は納得しないでしょう」

「いや、それは」

「ほらね。それが呑《の》めないんじゃ、私が行っても無駄《むだ》です。収まりませんよ」

佐野はしばらく考え込んでいたが、やがて意を決したように話し始めた。

「では岩倉公の新たな御依頼をお伝えします。公は勝さんに、この東京で暴動が起こらないように尽力してもらいたい、との仰《おお》せです」

即座に勝は、岩倉の真意を理解した。

(岩倉の野郎、俺が暴動を起こすと思ってやがる)

「分かりました。最大限、努力します、とお伝え下さい」

三月末、東京。鹿児島から東京に戻っていたアーネスト・サトウが、勝を訪ねていた。

「それで、鹿児島の様子はどうだった？」

「維新のやり直しだって言って、町中が興奮状態でしたよ。皆、薩軍が東京の政府を攻め滅ぼすと信じているようでした」

「そりゃそうさ。何てったって、あの西郷が率《ひき》いているんだからな」

「はい」

「で、西郷には会ったのかい？」

「はい」

「どんな様子だった？」

「それが、ちょうど私がウィリスの家にいる時に、出陣前の挨拶《あいさつ》に来られたんですが」

「それで？」

勝が興味津々《しんしん》といった様子で、サトウの顔を覗《のぞ》き込んだ。

「どうにも無口で、あまり元気もなかったように見えました。あと、私学校の生徒がたくさん護衛としてついて来たんですが、まるで西郷さんを監視しているようでした」

「へー、そうかい」

勝は少し怪訝《けげん》な顔をした。

「まあ、とにかく戦になっちまったからには、相応《そうおう》の血を流さないことには収《おさ》まるまい。特に政府のお偉《えら》いさんたちのね。もし政府が勝つようなら、お偉いさんたちは暗殺されるだろうよ。逆に政府が負ければ、もちろん彼《か》の者らは命の保証がないから、とても国内には留《とど》まれまい」

「そうですか」

「その暗殺者は士族とは限らんぜ。百姓かもしれんよ。なぜなら、今の政府は士族を怒らせただけじゃなく、地租《ちそ》改正によって百姓の敵意もかき立てちまったからだよ。この百姓のほうが、実は士族よりも遥《はる》かに恐ろしいんだ。奴らには侍みてぇな節度《せつど》はないから、後先《あとさき》を考えずに死にもの狂いでくるんだよ」

「はい」

サトウは無意識に姿勢を正した。本当に恐ろしいと思ったのだろう。

勝は少し躊躇《ためら》いながら、意を決してサトウに提案した。

「どうだろう。ここは一つ、これ以上の流血《りゅうけつ》を防ぐために、貴国のパークス公使が仲裁《ちゅうさい》に入って戦を終わらせてみては」

「実は先日パークス公使は、既に岩倉右大臣に西郷さんらへの恩赦《おんしゃ》を打診《だしん》しているのです」

「ほう、そいつはいいね」

勝は子供のように喜んだ。

「ですが、その際右大臣は『薩軍は降服するつもりは毛頭《もうとう》ないだろう』と答えたそうです」

「ははは、そりゃそうだ。もちろんないに決まってる。むしろ降服したいのは政府のほうだろう」

勝は、昔を懐かしむように語り始めた。

「確かに薩摩の人間は、この国のどの地方の住民よりも気性の激しい者が多い。だけど公明正大《こうめいせいだい》に扱いさえすりゃあ、彼《か》の者らとうまくやっていくのはいとも簡単さ。だからこそ、旧幕府は薩摩に対して常に格別《かくべつ》の配慮《はいりょ》を示してきたんだよ。だけど、この国の今の支配者たちはこの状況を忘れ、自分たちの自由にできると思い上がっちまったんだよ」

「はい」

事実、島津氏は関ヶ原で徳川家康に敵対したにもかかわらず、薩摩大隅日向の三国の所領を安堵《あんど》されている。加えて、家康は将来島津氏によって幕府が脅《おびや》かされると予想し、腫物《はれもの》に触るように柔軟に対応しつつ、常に警戒を怠《おこた》らなかったという。

「現在の戦いは、政府に身を置いて長州出身者の助けを借りている薩摩人と、一般の薩摩士族との間の争いとみなす事ができる。一般の薩摩士族は、現在国政に携《たずさ》わっている薩摩人たちが薩摩の代表という意味合いもあったことを忘れ、薩摩の要求に従って行動しなかったと考えている。だから一般の薩摩士族が望むことは、ただ、このような裏切り者の薩摩人を解任《かいにん》することなのだ。これさえ叶えてやりゃあ、奴らも戦を止めるかもしれんよ」

サトウは、勝の説《と》く「政府に身を置く薩摩人」がだいたい誰だか見当はついたが、念のため勝に訊《き》いてみた。

「その、政府に身を置く薩摩人とは誰なんでしょうか」

「色々いるが、やはり大久保利通と黒田清隆だろうな」

「そうですか。あ、ずいぶん長居《ながい》してしまったようですので、そろそろこれで……」

サトウが椅子《いす》から立ち上がると、最後に勝が告げた。

「和解に到達する何らかの方法が見つからないと、今後も流血は続き、将来、より一層悲惨《ひさん》なことになる恐れがある」

4

明治十年二月、鹿児島。約一万六千名に上《のぼ》る薩摩士族が蜂起し、西南戦争が勃発した。

筆者は西南戦争を、西郷が不平士族を滅ぼそうとした決断の下に起こった戦いだと考えている。すなわち、西郷は数万の不平士族を道連《みちづ》れに死んでいったのである。すると西郷は、最終的には島津久光も道連れにしようと考えていたのではないだろうか。なぜなら久光こそ最大の不平士族（正確には不平華族）だったからである。

そう考えると、幾つかの謎《なぞ》が解ける。例えば、出陣時に薩軍が久光の屋敷の前を通る時、西郷をはじめ全軍が久光に礼をしていったという逸話《いつわ》がある。これには、久光をはじめ側近の家来たちも一様《いちよう》に不思議に思ったという。筆者もかつては違和感を持っていた。なぜなら、明治六年の征韓論争に敗れて下野、帰郷する際にも、また明治九年に久光が帰鹿した際にも、特に久光に挨拶に行った形跡がないからである。そんな「不敬」な男が、なぜ西南戦争の時だけ挨拶《あいさつ》をしていったのか。

しかし現在筆者は、西郷はこの行動によって「薩軍の真の首領は久光ですよ」と世間にアピールしたのだと考えている。なぜなら、この場合の「挨拶」は主従の上下関係を明確にし、かつ主君と戦を関連付けるからである。従って普通の家臣の立場で考えれば、この出陣時には逆に挨拶をせず、わざと主君を無視して通り過ぎるのが真の忠義だと思う。それを敢《あ》えて、態々《わざわざ》西郷は行《おこな》っていったのである。いや、単に世間にアピールしただけでなく、西郷は久光を戦場に誘っていたのかもしれない。

また、西南戦争の最終盤に薩軍が鹿児島に帰って来たのも、同じ理由だと筆者は考えている。なぜなら、薩軍は城山と私学校跡を占領するのに際し、久光の居城《きょじょう》であった二の丸も占領しているからである。本来久光に対して敬意を持っていれば、このような占領はしないものであろう。

どうも我々は、西郷に対して一つの大きな誤解をしているのではないかと筆者は思う。それは沖永良部島での流刑を赦《ゆる》されて鹿児島に戻って以後、西郷は赦免《しゃめん》されたことを感謝し、すっかり改心して久光に忠誠を尽くすようになったと、我々は思い込んでいるということである。

一般に通説として、久光は終生《しゅうせい》に渡って西郷が嫌いであり、西郷を島から呼び戻しはしても、決して久光は心まで西郷に許した訳ではなく、内心では常に「あいつは叛臣《はんしん》だ」と思っていたといわれている。だから西郷は、そのような主君からの冷たい仕打ちにストレスを感じ、病気になったり、北海道に隠遁《いんとん》したいと思ったりしたと考えられている。

確かにこのような面もあったとは思うが、しかし筆者は、そもそも西郷は決して改心したのではなく、ただ自らの志《こころざし》（＝西郷が考える、斉彬の遺志）を遂《と》げるには、黙って久光に従い、久光の力、すなわち薩摩の力を利用したほうが良いと思ったのだと考えるのである。だから、西郷も内心では決して久光に敬意を持っていた訳ではなく、むしろ常に「順聖院様《じゅんしょういんさま》（斉彬）の仇《かたき》」くらいに思い、「この地五郎《じごろ》をいつか殺してやる」とでも思っていたのではないかと、筆者は考えるのである。（「地五郎」とは「田舎者」という意味の薩摩の言葉で、奄美大島から帰還した西郷が久光を指してそう呼んだといわれている。斉彬と比較した結果であろう）

かつて斉彬の生前に西郷は、斉彬の息子たちが早世し、また斉彬自身が病に倒れるに及んで、前島津家当主斉興《なりおき》の妾であったお由羅《ゆら》が呪詛《じゅそ》をしていると考え、そのお由羅を斬ろうとしたことがある。だから、そのお由羅の子である久光を西郷が殺そうと思ったとしても、筆者はさほど違和感《いわかん》を持たないのである。加えて久光は島津家当主忠義の父であり、その関係で「国父」とされているだけで、島津家当主ではない。だから西郷から見ればあくまで久光は「主君の父」であり、直接の主君には当たらないことも、この筆者の説を補強《ほきょう》している。

それでも平時に暗殺したりすれば、当然、西郷だけでなく一族郎党までが処罰されることにもなり兼ねないので、中々手を出すことができなかったが、戦争となれば話は別である。混乱に乗じて久光を斬ることもできるであろうし、うまく官軍に久光の居場所を攻撃させることもできるであろう。実際、薩軍が籠る城山を攻撃する際に、官軍は久光の居城であった二の丸まで攻撃しているのである。

久光はこの官軍の暴挙について、「薩軍が既にいないのを知りながら官軍は二の丸に放火し、占領した」（『西南記伝（中二）』）とし、また二の丸の資財《しざい》を略奪《りゃくだつ》したとして、現場で指揮を執《と》った山県・川村の両参軍に対して戦後抗議している。（『玉里島津家史料八』）これが官軍の過失《かしつ》ではなく、久光が抗議したようにあくまで故意《こい》だったのであれば、あるいは西郷と川村辺りに「あうん」の呼吸があったのかもしれない。明治維新直後の鹿児島において、川村純義や伊集院兼寛《かねひろ》、野津鎮雄《しずお》らが薩摩の門閥打破《もんばつだは》を叫んで、暴れたことがあったからである。

しかし、実際には久光や子の忠義らは薩軍が二の丸を占領する数日前に、県令の岩村通俊《みちとし》の進言によって避難《ひなん》していたので無事であった。だから、その意味では、西郷らにすれば久光を討ち損《そん》じたことになるのだが、それでも久光の手勢であった薩摩士族は大方《おおかた》滅びることになったので、少なくとも久光の手足をもぎ取ることにはなったのである。

また久光が真の首領だと印象付けられさえすれば、あるいは戦後の裁判によって久光が裁かれる可能性もあったので、西郷はこのような効果も狙ったのかもしれない。しかし、県令の大山綱良が久光の罪を被《かぶ》ってしまい、これは不発に終わってしまったのである。

ある一面、西南戦争はお由羅騒動の終着点だともいえる。もちろん西郷の脳裏には、日本を再び封建制に戻そうとする久光を嫌悪《けんお》する気持ちはあったと思う。だが、そういう理性を離れた感情の部分においても、西郷の胸中には、お由羅騒動以来の仇敵《きゅうてき》久光をどうしても許せないという思いもあったと思うのである。もし西郷が、斉彬は毒殺されたと思っていたとしたら尚更《なおさら》であったろう。

この久光を道連れにしようとした西南戦争最終盤の西郷の心境は、文久二年の寺田屋事件において死亡した有馬新七の言葉と同じかもしれない。有馬は、久光が放った討手《うって》側の道島《みちじま》五郎兵衛と揉《も》み合いになり、尊攘派《そんじょうは》の同志に向かって「おいごと刺せ！」と叫《さけ》び、道島を道連れに死んでいった。

一方の西郷も、西南戦争の最終盤において、延岡から鹿児島に帰って城山に籠《こも》る際に、官軍に対して「おいごと討て。おいと一緒にあん地五郎《じごろ》も討て」と思っていたような気がしてならないのである。

九月二十四日、西郷らが籠《こも》る城山を囲んでいた政府軍は、午前四時に総攻撃を開始した。午前七時過ぎに西郷は被弾《ひだん》し、別府晋介に介錯《かいしゃく》をさせて自決した。村田新八や桐野利秋らの薩軍幹部も皆突撃《とつげき》して死亡した。

エピローグ

明治二十年十二月、東京。まだ勝と一翁の話は続いていた。

「なあ、一翁さんよ。俺はこの前、三郎さん（久光）が死んでからずっと考えているんだが、あの人は結局何者だったんだろうな」

「どういうことじゃ？」

「世間では、薩摩が挙国（藩）一致で倒幕運動に立ち上がったからこそ、維新が成ったのだという。その挙国一致を決めたのは紛れもなく三郎さんだ。だから、三郎さんが起こした玉里島津家もその功によって、今や島津本家とともに公爵家だ。じゃあ、三郎さんが最終的に倒幕運動を決心しなかったら、維新は成らなかったのか？」

「うーん。難しい問題じゃのう」

「俺は違うと思う。確かに維新の達成は遅《おく》れたかもしれん。しかし、たとえ三郎さんが決心しなくても、西郷ら下級武士が薩摩を脱して各地の士族を糾合《きゅうごう》し、いや、それよりもっと時間が掛かったかもしれんが、下級武士だけでなく百姓や町人らの民衆も糾合することによって、いつかは維新が成ったんじゃないか」

「……」

「逆に、実際の維新が民衆を交えていなかったから、維新後二十年経っても、今だに憲法も議会もできていないんじゃないか」

「確かにそうかもしれんのう」

「その三郎さんにしたって、あの人は統制《とうせい》好きだから、その結果挙国一致になっただけで、倒幕運動に決心したっていうのはそもそも眉唾《まゆつば》ものだ。なぜなら、あの人は最後まで『倒幕は西郷や大久保が俺を騙《だま》して、勝手にやったことだ』って言ってたらしいじゃないか。これが、あの人の本心なんだろうよ」

「うん」

「だから、仮に官軍が鳥羽・伏見の戦いに敗れていたら、それこそ西郷や大久保のせいにして、自分は知らぬ存《ぞん》ぜぬを決め込むつもりだったんだろう」

「まあ、そうだろうが、それが殿様というもんじゃ。自らは危ない橋を渡ろうとしないのは、決して三郎さんだけじゃなかろう。我らの主君（慶喜）にしたって、そうじゃった。第一、たとえ殿様が果敢《かかん》に行動しようとしたところで、決して家臣たちがそれを許さなかっただろう」

「ははは、確かにな」

勝は一呼《ひと》吸おいた。辺りは静寂に包まれていた。

「だが西南の役なんて、その三郎さんの怨念《おんねん》から発生したようなもんだ。だから西郷はその三郎さんの怨念を払い、それを薩南の地に封《ふう》じ込めようとして命を落としたようなもんだ」

「そうじゃな」

「だから、一翁さんよ。俺は三郎さんによって、民衆による変革《へんかく》の芽が摘まれてしまったんじゃないかと、この前からずっと考えているんだよ」

「儂《わし》も、お前さんの意見には賛成じゃが、さっきから言《ゆ》うとるように、三郎さんはそれを阻《はば》んだ側の代表者の一人にすぎん。つまり、徳川や島津や毛利といった諸侯、それと公家たちから成る華族によって、真の維新は潰《つぶ》されてしまったんじゃないかと儂は思うがのう」

「ほう。さすが一翁さんだね」

「ちゃかすな麟太郎。旧大名家は版籍奉還《はんせきほうかん》や廃藩置県と引き換えに華族の称号《しょうごう》を得て、依然としてこの国の支配階級であり続けておる。彼《か》の者らは維新に勲功《くんこう》があった者を新たに華族の仲間に加えたことで、自分たちに刃向《はむか》ってきそうな者たちを取り込み、自分たちの権力基盤をより磐石《ばんじゃく》なものにしたんじゃ」

「するってえと、我々もその取り込まれた者たちの中に入るんだな」

「いかにも。だから、儂は辞退したかったんじゃ」

「その旧大名家とともに、いつの間にか公家たちまでが華族になった」

「ああ」

「そういえば、昔、岩瀬さんが俺に警告したことがあったよ。朝廷を政《まつりごと》に参加させち

あ
「あの維新前夜、我々の大政奉還を無力にしたのは、朝廷側の王政復古の大号令じゃ。あの大号令によって朝廷、つまり天皇と公家が政に加わってしまったんじゃ。それも主
導的な立場でのう。あの大号令を仕組《しく》んだのは岩倉公辺りじゃろう。すると民衆による変
革というか、民の意志が政《まつりごと》へ反映する道を塞《ふさ》いだのは、三郎さんだけじゃのうて岩倉
公もそうなんじゃないかのう」
「ははは。岩倉家も今や公爵家だ。するってえと三郎さんにしろ岩倉公にしろ、民の声を
封《ふう》じた報酬《ほうしゅう》が『公爵』って訳かい」
「そういうことになるかのう」
一翁が手元にあった茶を一口すすった。
「ただ、これから先が心配じゃ」
「どうして？」
「この華族という存在が政《まつりごと》への民の声の反映を妨《さまた》げ続け、いつかこの国を傾《かたむ》ける元
凶になるんじゃないかと思ってのう」
勝も茶を一口すすってから続けた。
「そうならないように、我々が頑張《がんば》るしかないんじゃないか。あ、そろそろ吉井と宮島が
来る頃だ。今日、時間は大丈夫なんだろ、一翁さんよ」

「儂《わし》は時々元老院の会議に出て、黙って座っているだけのただの爺《じじい》じゃ。時間なら幾《いく》らでもあるわい」

「だったら奴らと一緒に飯でも食いながら、これからの事について話そうや。前向きにさ」

「ああ、そうするかのう」

大久保一翁はこの翌年、明治二十一年七月三十一日に亡くなった。七十二歳であった。死ぬ当日まで元老院議官であり続けた。

勝は明治三十二年一月十九日に亡くなった。七十七歳であった。勝も、死ぬまで政府への御意見番であり続けた。

主要参考文献（本文中に書名を掲げなかったもの）

『大西郷全集』（平凡社）／『大西郷書翰大成』（平凡社）／『西郷隆盛』田中惣五郎（吉川弘文館）／『西郷隆盛』（上・下）井上清（中央公論社）／『西郷隆盛獄中記』昇曙夢（新人物往来社）／『西郷隆盛伝　終わりなき命』南日本新聞社編（新人物往来社）／『西郷南洲遺訓』山田済斎編（岩波書店）／『流魂記　奄美大島の西郷南洲』脇野素粒（丸山学芸図書）／『西南戦争』小川原正道（中央公論新社）／『薩南血涙史』加治木常樹（青潮社）／『勝海舟』松浦玲（筑摩書房）／『勝海舟』松浦玲（中央公論社）／『勝海舟』（上・下）勝部真長（ＰＨＰ研究所）／『勝海舟と西郷隆盛』松浦玲（岩波書店）／『海舟座談』巌本善治編（岩波書店）／『海舟語録』江藤淳・松浦玲編（講談社）／『咸臨丸　海を渡る』土居良三（中央公論社）／『島津斉彬』芳即正（吉川弘文館）／『島津斉彬の全容』鮫島志芽太（ぺりかん社）／『島津斉彬』綱淵謙錠（文藝春秋）／『島津斉彬公伝』池田俊彦（中央公論社）／『島津斉彬言行録』（岩波書店）／『幕末政治と薩摩藩』佐々木克（吉川弘文館）／『鹿児島史話』芳即正（高城書房）／『島津家書翰集』日本史籍協會（東京大學出版會）／『島津久光と明治維新』芳即正（新人物往来社）／『島津久光＝幕末政治の焦点』町田明広（講談社）／『調所広郷』芳即正（吉川弘文館）／『大久保利通文書』日本史籍協会／『大久保利通』佐々木克監修（講談社）／『大久保

利通』毛利敏彦（中央公論社）／『横井小楠』圭室諦成（吉川弘文館）／『横井小楠』松浦玲（筑摩書房）／『横井小楠』徳永洋（新潮社）／『橋本左内』山口宗之（吉川弘文館）／『大久保一翁』松岡英夫（中央公論社）／『中村敬宇』高橋昌郎（吉川弘文館）／『天ハ自ラ助クルモノヲ助ク』平川祐弘（名古屋大学出版会）／『中江兆民』飛鳥井雅道（吉川弘文館）／『中江兆民評伝』松永昌三（岩波書店）／『松平春嶽』川端太平（吉川弘文館）／『岩瀬忠震』松岡英夫（中央公論社）／『軍艦奉行木村摂津守』土居良三（中央公論社）／『ジョン・マンと呼ばれた男』宮永孝（集英社）／『開国への布石 評伝・老中首座阿部正弘』土居良三（未来社）／『岩倉具視』大久保利謙（中央公論社）／『小松帯刀』高村直助（吉川弘文館）／『坂本龍馬』松浦玲（岩波書店）／『海江田信義の幕末維新』東郷尚武（文藝春秋）／『未完の明治維新』坂野潤治（筑摩書房）／『明治六年政変』毛利敏彦（中央公論社）／『未完の国家構想 宮島誠一郎と近代日本』友田昌宏（岩田書院）／『安政の大獄』吉田常吉（吉川弘文館）／『日本キリスト教史』五野井隆史（吉川弘文館）／『静岡学問所』樋口雄彦（静岡新聞社）／『鹿児島城下下荒田郷土史』染川亨編 鹿児島市八幡尋常小学校創立六十周年記念会／「中村正直の敬天愛人」沢田鈴蔵、増村宏『鹿大史学 十九号』鹿大史学会／「中村敬宇の初期洋学思想と『西国立志編』の訳述及び刊行について」『史苑 第二十六巻 第二・三号』大久保利謙 立教大学史学会

《巻末資料》蛇に誘《いざな》われた西郷

昭和十三年に発行された『明治秘史　西郷隆盛暗殺事件』（日高節　集陽社）には、西郷が西南戦争の決断をした時と、出陣に先立って家を出る時の様子が、西郷夫人の糸子が夫の死後に語った話として、以下の談話の形で掲載されている。

糸子夫人の談話

主人は、いつも六畳の書院の間に居られました。その書院の前には、中庭がありましたが、主人は、その室を居間兼應接間として居られました。お客があれば、この室にお通しして、應接されたのであります。

彈藥事件が起りまして、主人が小根占地方から歸（帰）つて參りますと、絶えず、桐野さんや、篠原さん方がお見えになりまして、おん二方から、こうなつた上は、軍勢を率ゐて立たなければならないとて、頻《しき》りに主人に勸告されましたが、主人は頑《がん》として、大義名分を説いて、これに應じなかつたのであります。

ところが、或日のこと、主人が沈思黙考中、その中庭のところに無數の蛇が列を爲《な》して通りましたので、これを見て、主人は私を呼んで申されますには「あれを見よ、モー致し方が無い」と申されました。

そして、主人は桐野さんを呼んで「モー決心した」と申しわたされました。こうして、いよ〳〵主人の腹が極まつたのであります。

それで、主人が熊本に立ちますときに、自宅を出られましたのは、夜分でございましたが、自宅から武装して立ちましたのではありません。

その時、學校黨（党）の方々が、大勢お見えになつて居りましたが、段々時刻も立ちますので、主人は「（急がないと）モー遅くなる」と申されまして、玄關の椽（たるき）に腰を掛けて、學校黨の方々に申されますには「お前たちが、儂を、つれ出すのぢやから、（」）と静かに構えて、（「）靴を履かせ帽子を冠せ」と申され、全く一身を學校黨の方々にお任せして、悠々と出立されましたのであります云々。未亡人故岩山氏直話。（カッコ内筆者）

なぜ筆者がこの談話を引用したのかというと、この談話は西南戦争の意味と西郷の意図を知る上で、極めて重要であると考えるからである。

過去にこの談話を引用されたのは筆者が調べた限り以下の方々である。（初版出版年順）

『近世日本国民史』徳富猪一郎（蘇峰）
『西郷隆盛』林房雄
『大西郷の逸話』西田実
『翔ぶが如く』司馬遼太郎
『西郷隆盛の悲劇』（他）上田滋

ただし、以上の錚々《そうそう》たる方々も特にこの談話を重要視されている訳ではなく、単に逸話の一つとして紹介されているだけである。

この談話の信憑《しんぴょう》性については、著者の日高氏御自身が「この話は未亡人故岩山氏の直話として、或る確かなる筋から傳《つた》へられたるものである」と文中で太鼓判を押しておられるので、まず問題ないと思われる。

また糸子夫人の生真面目な性格から察しても、明らかな冗談ならともかく、このような作り話をするような人には到底思えない。何よりも、もし作り話をするとしたら、こんな不可解な話ではなく、もっと分かり易い話を作るであろう。つまり不可解な話であるからこそ、余計に真実味を覚えるのである。従って、本書においてはこの談話を事実であると考え、分析していくことにする。

蛇の意味

まず提起されるべき論点は、従来唱《とな》えられてきた、直接には私学校党による火薬庫襲撃事件や、政府が派遣した密偵による西郷暗殺未遂事件の発生が西郷の決起を促したという通説も、再考を要するのではないかということである。なぜならこの談話から、襲撃事件や暗殺未遂事件が発生した後でも、従来通り西郷は大義名分がないことを理由に「決起」を渋っていたことが分かるからである。ただし正確には「決起」ではなく、「私学校党に身を委ねること」であるが、いずれにせよ、この時点ではそれまで同様、西郷にその意志はなかったのである。

ただ、この糸子夫人の談話には、中原尚雄《なかはらなおお》らの密偵による暗殺未遂事件の件は出てこない。これは自宅の中庭で蛇を見た時点では、西郷はまだ中原ら密偵の存在を知らなかったからであろう。同様に桐野や篠原たちも知らなかったと思われる。知っていれば当然この時に、襲撃事件と共に暗殺未遂事件も西郷に告げたはずだからである。西郷が小根占《こねじめ》から武村の自宅に帰ったのは明治十年の二月三日である。中庭で蛇を見て、私学校党に身を委ねる決心をしたのは二月三日から四日の間に掛けてだと考えられる。一方、中原が捕縛されたのも二月三日であるが、口供書《こうきょうしょ》が作成されたのは二月五日なのである。あるいは中原の捕縛《ほばく》自体は、西郷に決起を促《うなが》していた三日や四日には、もしかしたら桐野と篠原は既に知っていたかもしれないが、口供書という「証拠」ができていない以上、恐らく西郷にはそれについては告げなかったであろう。しかし時系列を考え、とにかく夫人の談話からは、西郷暗殺未遂事件も西郷の決心を促《うなが》した要因ではないことが窺《うかが》えるのである。

では何が西郷に決意を固めさせたかというと、正確に談話に従えば、自宅の中庭で見た蛇である。従って、もしこの時に蛇を見なければ、西郷は決意しなかった可能性もあるのではないだろうか。逆に違う時点、例えば佐賀の乱（明治七年二月一日～三月一日）の発生時にでも蛇を見ていれば、西郷は決起した可能性もあったと思うのである。

そこで筆者は、この「蛇」に何か重要な意味があるのではないかと考えた。筆者の脳裏に咄嗟《とっさ》に浮かんだのはキリスト教であったが、念のために他の宗教も視野に入れて、日本人に馴染《なじ》みのある様々な宗教における「蛇」の意味や位置付けを調べてみた。

古来より中国や日本では、特に仏教や神道において、蛇は神そのものや神の使いとして崇《あが》められてきた。とりわけ日本においては、蛇は家屋や土地の主として、祖先神であるとみなされる習慣がある。現在でも、古い家に住みついた「青大将」を「家の主」として崇めることもある。また蛇は陰陽《おんみょう》道にも取り入れられて、十二支《し》の一つとして時刻や方位を表すのにも用いられ、干支《えと》に組み込まれて年を数えるのにも使われている。

しかし、これらの理由によって西郷が決心をしたとするのは、どうにも現実味に欠けると思う。例えば、蛇を表す「巳《み》」や「辰巳」が北東や東を表すのであれば、まだ蛇を見て「東上」を決めたとも取れるが、実際に「巳」や「辰巳」が表すのは東南の方角である。また、例えば西郷が心酔する島津斉彬は文化六年（一八〇九年）生まれの巳年なので、蛇の出現を何らかの斉彬の意志表示と捉《とら》え、決起を決心したのだと考えられないこともないが、やはりこれも具体性に欠け、説得力が乏しいと思われる。または、よほど「蛇を見たら決意せよ」といったような具体的な先祖代々の教えでもない限り、それまで頑《かたく》なに拒《こば》んでいた西郷の考えを覆《くつがえ》すといったことは考えにくい。実際、西郷家にそのような「家訓」が伝わっていたとは聞いていていない。

だが、もっと、例えば棒で後頭部を思い切り殴《なぐ》られるくらいの、強烈な何かが「蛇」にはあるはずである。そうでなければ、西郷ほどの頑固者の気持ちを百八十度転換させることはできないのではないか。

キリスト教における蛇

そこで筆者はキリスト教について考えてみた。西郷は幕末時に既に聖書を所持していたことが、島津家家臣として戊辰戦争に従軍した有馬藤太《ありまとうた》の証言で分かっている。有馬によると、西郷は維新前のある時、

「日本もいよいよ王政復古の世の中になり、おいおい西洋諸国とも交際をせにゃならんようになる。西洋では耶蘇を国教として、一も天帝、二も天帝というありさまじゃ。西洋と交際するにはぜひ耶蘇の研究もしておかにゃ具合いが悪い。この本はその経典じゃ。よくみておくがよい」

(『私の明治維新』有馬藤太　上野一郎編　産業能率短期大学出版部)

と二冊ものの漢訳の聖書を有馬に貸してくれたという。そこでキリスト教については、「耶蘇の研究もしておかにゃ具合が悪い」と人に説《と》くくらいであるから、恐らく西郷自身も聖書を読んでいたと考え、聖書の記述に直接あたってみた。

具体的には、聖書語句事典を紐解《ひもと》き、「蛇」ないしは「蝮《まむし》」が記載《きさい》されている箇所を洗

い出してみた。すると、旧約と新約の膨大《ぼうだい》なページ数の中に、多くの「蛇」ないしは「蝮」に関する記述があることが分かった。ただ、紙面の関係と必要性の両方から、全ての記述を列挙しても意味がないと思うので、新約聖書の四福音書（マタイ・マルコ・ルカ・ヨハネ）における記述に絞らせてもらおうと思う。やはりこれらの四福音書が、キリスト教に興味を抱いて聖書を手にする者にとっては、恐らく最も影響力が大きいと思われるからである。それでも「蛇」は七つ「蝮」は四つあった。以下の文章は全て『新共同訳　聖書』（日本聖書協会）から引用した。

「蛇」

（一）魚を欲しがるのに、蛇を与えるだろうか。（マタイ・七―一〇）

（二）わたしはあなたがたを遣《つか》わす。それは、狼の群れに羊を送り込むようなものだ。だから、蛇のように賢く、鳩のように素直になりなさい。（マタイ・一〇―一六）

（三）蛇よ、蝮の子らよ、どうしてあなたたちは地獄の罰を免れることができようか。（マタイ・二三―三三）

（四）手で蛇をつかみ、また、毒を飲んでも決して害を受けず、病人に手を置けば治る。（マルコ・一六―一八）

（五）蛇やさそりを踏みつけ、敵のあらゆる力に打ち勝つ権威を、わたしはあなたがたに授けた。だから、あなたがたに害を加えるものは何一つない。

（六）あなたがたの中に、魚を欲しがる子供に、魚の代わりに蛇を与える父親がいるだろうか。（ルカ・一〇―一九）
（七）そして、モーセが荒れ野で蛇を上げたように、人の子も上げられねばならない。（ヨハネ・三―一四）

「蝮」
（一）ヨハネは、ファリサイ派やサドカイ派の人々が大勢、洗礼を受けに来たのを見て、こう言った。「蝮の子らよ、差し迫った神の怒りを免れると、だれが教えたのか。（マタイ・三―七）
（二）蝮の子らよ、あなたたちは悪い人間であるのに、どうして良いことが言えようか。人の口からは、心にあふれていることが出て来るのである。（マタイ・一二―三四）
（三）「蛇」の（三）（マタイ・二三―三三）に同じ
（四）そこでヨハネは、洗礼を授けてもらおうとして出て来た群衆に言った。「蝮の子らよ、差し迫った神の怒りを免れると、だれが教えたのか。（ルカ・三―七）
（「蛇」・「蝮」共に『新約聖書語句事典』〔教文館〕で検索した。ただし、文章自体は『新共同訳聖書』日本聖書協会から引用した。カッコ内の一～七、一～四の数字は

筆者による）

「蛇」の（一）と（六）、「蝮」の（一）と（四）は重複した内容なので、実際の記述の種類はこれらの文章の数よりも少なくなる。

これらの文章の中で、筆者は「蛇」の（三）と、「蝮」の（一）・（四）に、共に強烈な威圧《いあつ》感を感じた。なぜなら、それらの文章には「地獄の罰」「神の怒り」といったような、まるで我々の罪を糾弾《きゅうだん》するかのようなおどろおどろしい表現が記されているからである。一方その他の文章は、あたかもイエスがやさしく説諭《せつゆ》するかのような文章である。

そこで筆者は、「蛇」の（三）と「蝮」の（一）・（四）を更に詳しくみてみた。ただし「蝮」の（一）と（四）は同じ内容なので、ここから（四）は便宜上省くことにする。

すると、「蛇」の（三）と「蝮」の（一）も、実は主語が違うだけで、ほとんど同じ内容であることが分かる。すなわち、「蛇」のほうの主語がイエス、「蝮」のほうの主語がヨハネであるが、ともに律法学者やファリサイ派、サドカイ派といった、いわばイエスやヨハネの改革運動を否定する保守派の抵抗勢力を、「蛇」や「蝮の子」と呼んでいるのである。中でも「蛇」の（三）のすぐ近くに、象徴的な文章が存在する。

先祖が始めた悪事の仕上げをしたらどうだ。　　（マタイ・二三—三二）

この文章が、「蛇」の（三）の「蛇よ、蝮の子らよ、どうしてあなたたちは地獄の罰を免れることができようか」という文の一つ前にある。この「先祖が……」の文章は聖書では、その前後の文脈から判断すると、イエスが律法学者やファリサイ派の人々に対し、「せいぜい先祖が始めた悪事を行っていろ。そのうちに報いを受ける時が来る」といったような、律法学者やファリサイ派の人々を突き放しつつ、因果応報《いんがおうほう》を説く意味合いであると思われる。

天の声

これらの律法学者やファリサイ派、サドカイ派といった頑迷《がんめい》な保守的抵抗勢力を、明治政府が行う徴兵令や断髪廃刀令、秩禄処分、地租改正に反対する頑迷な不平士族と置き換えたらどうであろうか。約二千年前のイエスやヨハネが置かれていた立場と、約百三十年前の西郷が置かれていた立場とが、奇《く》しくも一致すると思われるのだが。

この置き換えは決して筆者の独断ではなく、根拠となる西郷が作った漢詩が存在する。

苛雲蒸洛地
酷吏益威加
夕殿憂蚊蚋
炎郊苦蝮蛇
鋭刀頻按欄
壮士直忘家

苛雲《かうん》洛地《らくち》に蒸《む》し、
酷吏《こくり》益《ますます》威《い》加《くわ》わる。
夕殿《せきでん》蚊蚋《ぶんぜい》を憂《うれ》え、
炎郊《えんこう》蝮蛇《ふくだ》に苦《くる》しむ。
鋭刀《えいとう》頻《しき》りに欄《は》を按《あん》ずれば、
壮士《そうし》直《ただ》ちに家《いえ》を忘《わす》る。

天定人離日　天定《てんさだ》まり人離《ひとはな》るる日《ひ》、
西風忽掃邪　西風《せいふう》忽《たちま》ち邪《じゃ》を掃《はら》わん。
（「一五　偶成」『西郷隆盛全集　第四巻』大和書房）（太字・傍線・カッコ内は筆者による）

（現代語訳）
夏の雲が奇立たしいくらい京都の町を蒸し、
（その酷暑と共に）横暴な役人の威勢も益々上がっている。
夕刻の宮殿では蚊や蚋《ぶよ》（奸臣）に悩み、
炎天下の都の外れでは蝮（幕吏）に苦しんでいる。
（このような奸臣や幕吏を斬ろうとして）鋭い刀の柄《え》に度々手をかけると、
血気盛んな武士はすぐに家のことを忘れてしまう。
時が経って天下の形勢が定まり、人心が（幕府から）離れる日が来たら、
西からの風（西国諸侯の倒幕軍）が忽《たちま》ちこの邪気（奸臣や幕吏）を吹き払うだろう。
（筆者訳）

この詩は、文久三年に沖永良部島において作られたとする説と、慶応三年の夏に京都において作られたとする説の二つが存在するが、いずれにしても幕末である。ゆえに、ここでの「蝮蛇」は幕府の役人を指しているのであるが、幕府の役人も西国諸侯の志士たちから見れば、やはり改革を拒《こば》む保守的抵抗勢力と映ったであろう。従って、西郷に「蝮蛇」

という表現を用いたり、「蝮蛇」を「保守的抵抗勢力」と捉えたりする前例があったことが、この詩から分かるのである。

そこで筆者は、これは大胆な仮説であろうが、西郷はこれらの聖書の文章を念頭に置きつつ、それらの文章の解釈によって、西南戦争において私学校党に身を委ねることを決意したのだと考えている。その最も有力な根拠となる文章は、前述の文章である。もう一度引用すると、

先祖が始めた悪事の仕上げをしたらどうだ。
蛇よ、蝮の子らよ、どうしてあなたたちは地獄の罰を免れることができようか。
（マタイ・二三―三二、三三）

ただし当時西郷が持っていた聖書は漢訳だったので、実際に西郷が読んだのは次のような文章だったであろう。（西郷が持っていた聖書が、どの会派のものか断定できないため推測した。聖書によって若干表現が異なる）

則可盈爾祖之量矣
蛇乎、蝮類乎、爾安能避地獄之刑乎、
（馬太傳福音書 第二三章三二、三三節『新約全書』上海美華書館）

恐らく西郷は、季節外れの寒中に無数の蛇が中庭に現れるという異常な状態を見て、これを「天の声」だと思ったのであろう。「敬天愛人」の思想を掲げ、常に「人を相手にせ

ず、天を相手にしよう」とする西郷からすれば、「天の声」は絶対的な意味を持つはずである。だから西郷は蛇を見た途端、この聖書の文章を思い出し、決心したのではないだろうか。

実際「先祖が……」の文などは、まるで神（天）から命令されているかのような迫力がある。その際、西郷は、前述のようなイエスが聖書の中で説くニュアンスとは違って、文字通り「我々士族が先祖代々行ってきた悪事をここで一気に終わらせなければ、我々は地獄の罰を免れることができない」と考えたのではないだろうか。西郷はその胸中は革新であったが、その身は地獄で罰せられるべき保守派（士族）に属していた。だから西郷は、イエスのように保守派を突き放して客観視することができなかった。そこがイエスと違う、西郷の悲劇であったと思う。

西郷の悲痛な叫び

しかし、突然こんな説を述べても俄《にわ》かには信じられない読者が多いと思うので、もう少し証拠を挙げつつ、説明を続けたいと思う。

西郷が蛇を見て思い出した可能性が高いもう一つの文章は、同じく前述の「蝮」の（一）の文章である。この文章を含むマタイの第三章第七節から第一二節までは重要なので、少々長いが一度に引用する。

ヨハネは、ファリサイ派やサドカイ派の人々が大勢、洗礼を受けに来たのを見て、こう言った。「蝮の子らよ、差し迫った神の怒りを免れると、だれが教えたのか。（第七節）

(1)悔い改めにふさわしい実を結べ。（第八節）

『我々の父はアブラハムだ』などと思ってもみるな。言っておくが、神はこんな石からでも、アブラハムの子たちを造り出すことがおできになる。（第九節）

斧は既に木の根元に置かれている。(2)良い実を結ばない木はみな、切り倒されて火に投げ込まれる。（一〇節）

わたしは、悔い改めに導くために、あなたたちに水で洗礼を授けているが、わたしの後から来る方は、わたしよりも優れておられる。(3)わたしは、その履物をお脱がせする値打ちもない。その方は、聖霊と火であなたたちに洗礼をお授けになる。（第一一節）

そして、(4)手に箕を持って、脱穀場を隅々まできれいにし、麦を集めて倉に入れ、殻を消えることのない火で焼き払われる。」（第一二節）

（マタイ・三―七～一二　(1)～(4)と太字・傍線は筆者による）

この第三章は、迫力は前述の第二三章ほどではないが、西郷が決意をする際に、この章から少なからぬ影響を受けたと思われる箇所がある。それは、第一一節の(3)の文章である。前掲の談話において西郷は、熊本に向けて出陣するにあたって自宅を出る時に、迎えに来た私学校の生徒たちに「お前たちが、儂をつれ出すのだから、靴を履かせ、帽子を冠《かむ》らせてくれ」と頼んだとされている。その西郷のセリフは、この第一一節の(3)の文章に基づいているのではないだろうか。

その時の西郷の意図するところはこうである。まず聖書の文章は、ヨハネがイエスに対して謙遜《けんそん》して「わたしは、その（イエスの）履物をお脱がせする値打ちもない。」と言っている。つまりヨハネはイエスとの間に一線を画しているのであるが、一方の西郷は、生徒たちに「靴を履かせてくれ」と頼むことで、生徒たちとの間に一線も画することなく、「自分は君たちと同じ土俵に立った、同じ仲間になったのだ」と言いたかったのであろう。ただ「帽子」については、西郷が被《かぶ》ったものと同じ意味での「帽子」は、どうやら旧約聖書にはあるが新約聖書にはないようである。そこで筆者は「帽子」を「頭に冠《かむ》る物」と捉え、もう少し幅を広げて考えてみた。

すると、マタイ福音書第二七章には極めて象徴的な「頭に冠る物」が存在した。それは、文字通り「冠《かんむり》」である。

それから、総督の兵士たちは、イエスを総督官邸に連れて行き、部隊の全員をイエスの周りに集めた。（第二七節）

そして、イエスの着ている物をはぎ取り、赤い外套を着せ、（第二八節）

(5)茨で冠を編んで頭に載せ、また、右手に葦の棒を持たせて、その前にひざまずき、
(6)「ユダヤ人の王、万歳」と言って、侮辱した。（第二九節）
（マタイ・二七―二七～二九　(5)・(6)と傍線は筆者による）

西郷は、この第二七章の「冠」の部分を思い出し、「冠」のつもりで「帽子」を冠らせてくれと頼んだのだと思う。その意味は、「ユダヤ人の王」ならぬ「薩軍の首領」である。つまり冠（帽子）を冠ることによって、自分は「薩軍の首領」になることを引き受けた、と言いたかったのだろう。

しかしイエスの「ユダヤ人の王」とは、従来のユダヤ教を改革しようとするイエスの姿を皮肉《ひにく》った言葉であり、実際のイエスとは何の関係もない、いわば「濡《ぬ》れ衣《ぎぬ》」である。従って、このようにイエスが強制的に「ユダヤ人の王」とさせられたことに因《ちな》み、同様に西郷も、本当は嫌だが強制的に首領にさせられたといった意味を言外《げんがい》に匂《にお》わせたかったのかもしれない。すると、この「靴を履かせ、帽子を冠らせてくれ」という言葉は、「君たちの仲間にさせられ、薩軍の首領を強制的に引き受けさせられた」という意味になる。

この西郷が熊本への出陣に先立って自宅を出る場面は、筆者はその現場の状況としては、西郷は私学校党によって半ば「連行された」に等しい状況だったのではないかと考えている。そこで、もし筆者のこの考えが正しいとすれば、談話の中の「お前たちが儂を連れ出すのだから、靴をはかせ、帽子を冠らせてくれ」という言葉は、「私学校党が私を連行し、

無理やり薩軍の首領にしようとしている」ことを訴えた、西郷の悲痛な無実の叫びだった
とも考えられるのである。
　筆者がそう考える理由は、前掲の談話の中にある。その談話を思い出して頂きたいのだ
が、普段は無口な西郷が糸子夫人に聞こえるくらいはっきりと、態々《わざわざ》「帽子を冠らせてく
れ」と頼んだのである。また、日頃の西郷は謙虚で奥ゆかしかったはずである。日常の基
本的なこと、例えば布団を敷《し》いたり畳《たた》んだりといったようなことは、できる限り自分で行
っていたといわれている。その一方で西郷は何か人にものを頼む時には、どんな些細《ささい》なこ
とでも必ずお金を払うようにしていたという。そんな西郷が、何も生徒たちに靴を履かせ
ろとか帽子を冠らせろとか命じるだろうか。筆者はどう考えても腑《ふ》に落ちない。従って、
やはり西郷は何かを伝えたかったのだと考える方が妥当だと思うのである。
　ただ、この談話を引用している他の研究者や小説家の人たちの中には、この談話は私学
校の生徒たちを和《なご》ませるための西郷得意の冗談であると解釈している人もいる。確かに西
郷には、例えば西南戦争の末期に宮崎県の延岡近郊の可愛岳《えのだけ》をよじ登って脱出する際に、
「夜這《よば》いに行くようだ」と言って周囲を笑わせたという逸話がある。しかし本論の談話に
関しては、冗談と捉えるにはあまりに不可解だと筆者は思う。実際、この時に笑った者は
皆無だったのではないか。または逆に、もしこれが笑い話であったのなら、糸子夫人もす
ぐに忘れてしまったと思う。むしろ笑えないほどの異様な雰囲気だったため、糸子夫人の

記憶に長く残っていたのではないだろうか。

西南戦争の意味と西郷の意図

ここまでみてきて多くの読者の方々に、筆者の説の通り、西郷は私学校党に自身を委ねる決意をする際、前述した聖書の文章に基づいて判断したのだと信じて頂けたと思う。

それでもまだお疑いの読者には、尚筆者は力説したい。筆者は何も膨大な紙量の聖書の様々な箇所から断片を探し出し、強引にこじつけて自説を説いている訳ではない。僅《わず》かマタイ福音書の第三章と第二三章、第二七章という、ごく限られた範囲の中で議論しているだけなのである。

ましてや、マタイ福音書は通常どの新約聖書においても真っ先に書かれている。そのマタイ福音書の第三章であれば、前述の「上海美華書館」の『新約全書』においては、僅か三ページ目に書かれているのである。またマタイ福音書は全二八章なので、マタイ福音書全部を読んでも四六ページである。この『新約全書』全体が三八四ページなので、全体の僅《わず》か十二パーセント程度にしか過ぎない。従って聖書を所持し、恐らく聖書を読んでいたであろう西郷が、マタイ福音書を読んでいた可能性は非常に高いと思う。本章における筆者の説は、この箇所だけに基づいているのである。

ところで、この筆者の説が正しいとすれば、当時単に西郷がキリスト教の影響下にあったということだけでなく、信者であった可能性をも大きく高めることになる。しかし実はもっと重要なことが、この聖書の文章（マタイ・第三章）には秘められている。それは西南戦争そのものの意味と、それに臨む西郷の意図である。

そのようなことまで聖書に書かれていると筆者が考える理由は、西郷が私学校党に身を委ねる決意をする際に聖書を拠《よ》り所にしたとするならば、その判断の対象である西南戦争そのものの意味や西郷自身の意図も、決して聖書と無関係ではあり得ないと考えるからである。またそう考えると、実際にそれらについて明確に言及している文章がマタイの第三章にはあるのである。

それは、前述のマタイ第三章の(1)・(2)・(4)の文章である。ここに再度引用する。

(1)悔い改めにふさわしい実を結べ。
(2)良い実を結ばない木はみな、切り倒されて火に投げ込まれる。
(4)手に箕を持って、脱穀場を隅々まできれいにし、麦を集めて倉に入れ、殻を消えることのない火で焼き払われる。

（マタイ・第三章より）(1)〜(4)は筆者）

実際に西郷が読んだ漢文ではこうなる。

(1)故當結果、以符合悔改、
(2)凡樹不結善果者、則見斫而投於火。
(4)手執箕、其將淨厥禾塲、斂厥麥入倉、而燬糠以不滅之火。

(馬太傳福音書 第三章 『新約全書』 上海美華書館)

(1)・(2)と(4)とは同じような内容なので、ここでは(1)(2)に注目する。これらの文も、前述の通り改革に反対するファリサイ派とサドカイ派に対し、ヨハネが未来を予言したものである。この「木」とは、前述の「蛇」や「蝮の子」と同様に、ファリサイ派やサドカイ派といった保守派抵抗勢力を指していると思われる。一方の「実」とは保守派が悔い改めた結果、革新派に変心して改革を推進するか、または少なくとも改革を理解するようになることを表しているのであろう。

つまり、この「木」も「薩摩の不平士族」に置き換えることができるのである。すると、自ずと西南戦争の意味と西郷の意図が見えてくる。すなわち西郷にとっての西南戦争の目的とは、一向に悔い改めない不平士族を処分することだったのである。

西郷は、日本のために、頑迷《がんめい》な薩摩士族を自分と道連れに抹殺したのである。ただし、この決断に至るまでに西郷は薩摩の士族たちが「悔い改め」て、すなわち「士族」を捨てて「四民平等」の中の一市民として更生《こうせい》してくれることを望んだのだが、結局その希望が果せなかったために悲壮な決断を下したのであろう。つまり西郷は当初は、士族を平和裏《へいわり》に消滅させせようと努力していたのである。西郷が弟子たちを連れて北海道に移住しようとしたことも、遣韓使節として朝鮮に渡ろうとしたことも、鹿児島に私学校を設立したことも、全てはこのためだったと筆者は思う。

しかし、この事実（士族を滅ぼすこと）自体は、特に驚くべきことではない。なぜなら幕末以来、西郷が一貫して目指してきたものは四民平等な社会、すなわち士族階級の滅亡だったからである。極言すれば西郷の一生とは、「士族を亡ぼし、四民平等で中央集権化した日本を築いた」といえると思う。その詳しい理由については、拙著『西郷隆盛　四民平等な世の中を作ろうとした男』をご一読して頂きたいと思う。

【著者略歴】
山本盛敬（やまもと　もりたか）
１９６８年横浜生まれ。十年間の会社員生活を経た後、
早稲田大学大学院修士課程修了。
【著書】
『小説　横浜開港物語
佐久間象山と岩瀬忠震と中居屋重兵衛』
『西郷隆盛　四民平等な世の中を作ろうとした男』
（ともに発行:ブイツーソリューション、発売:星雲社）

英明と人望　勝海舟と西郷隆盛

2015 年 11 月 20 日　初版第 1 刷発行
著者　山本盛敬
編集　若桜木虔
発行所　ブイツーソリューション
〒466-0848 名古屋市昭和区長戸町 4-40
電話 052-799-7391　Fax 052-799-7984
発売元　星雲社
〒112 - 0012 東京都文京区大塚 3-21-10
電話 03-3947-1021　Fax 03-3947-1617
印刷所　藤原印刷
ISBN 978-4-434-21242-0